JN171848

老人ナビ

老人は何を考え
どう死のうとしているか

菅野国春

展望社

はじめに

著名な作家や学者の書いた老人の人生論は、今、ブームとなっている。どの本もベストセラーに近い売れ行きである。それだけ、老いの生き方はいかにあるべきかが問われているということなのであろう。

本書は当初、偉い人たちの人生論に対して、立派な老人として生きることのできない無名の老人の、切実な老いの苦悩をつづってみようということで筆を取ったのである。が、執筆半ばで路線を変更した。

老人の泣き言を書くよりも、年寄りに接する人たちに、老人を正しく知ってもらうための書にしようと路線を変更した。

年寄りに接する人たちというのは、すなわち老人と一緒に暮らす家族であり、老人介護を専門にしている介護士、看護師、医師、老人ホームの職員などである。この人たちに老人の考えていることを知ってもらいたいと考えたわけである。

執筆の路線を変更したのは、私自身、二か月の間に三回も入院し、自分が介護を受ける身になったからである。

直接、介護を受ける身となって、介護士、看護師、医師たちが老人の内面をもっと深く知っていれば、より適切なサポートができるのではないかと考えたからである。

現代の介護現場は、老人については十分に研究しつくされているので、今さらながら老人のたわごとを聞いてもあまり役に立たないという面もあるかもしれない。

しかし、老人というのは、実はあからさまに自分の心の底を語ったりしないものである。

何となく理解したつもりの老人の内面を改めて、まじまじと覗いてみるのも、老人とつき合う上で、いくばくかの手助けになるのではないかと考えて、臆面もなく老人の代表になったつもりで、語りたくないことまで調子に乗って吐露してしまった。

若い人たちが、世界が違う老人の心の内を覗くことで、今後、老人とつき合う上で少しは参考になるのではと勝手に解釈して筆を進めた。

私自身、若いときは老人は人間の抜け殻のように考えていた。目上の人を敬うというより、異星人を扱うような戸惑いと、触らぬ神に祟りなしという他人行儀な礼儀で慇懃無礼《いんぎんぶれい》に接してきた。私は幼いときに祖母に育てられたが、子供のときは、祖母を年寄りとして見たことはなかった。祖母を通じて私は、年寄りについて学んだことはなかったのである。若いとき、年齢的には二十代のころであるが、私にとって老人は、何を考えているか見当もつかない人種だった。

私も今、まぎれもない年寄りになって、若い人にそう見られているのであろうと、逆に身のすくむ思いもする。

当然、老人は長い年月を生きているのだから、考え方が若い人とは違うのは当然である。何を考えているのか理解ができない面もあるのはむしろ当然のことだ。

老人は、老化が進めば進むほど、若い人には理解が困難な複雑な思考をすることもある。それに加えて、脳の劣化もあり、若い人には、老人の内面を推し量ることは面倒臭いと思う局面もしばしばあるに違いない。

しかし、当の老人である私に言わせれば、少なくとも老人は「異星人」ではない。老人というのは、若者と同じ十代、二十代の青春を過ごし、三十代、四十代、五十代の熟年期を体験して老人になったのである。

ただ、老人たちは、自分が青い無分別時代を生きてきたことを実感として覚えていないだけのことだ。

当然ながら、老人も若者も同じ道を歩んでいるのである。ただ、年寄りたちは過去の歩んできた風景の記憶を喪失し、若者たちはこれからたどらなければならない道の風景が予測できないだけのことである。

確実にいえることは、年寄りはどのようにして死の淵に近づこうとしているかということだ。その道筋をナビゲーションするつもりで執筆したのが本書である。

欲をいえば、本書を読んだ若い人に、年寄りの歩む道は、やがて自分の歩む道だということに気づいてもらえればありがたいと思うのである。

平成二十八年師走の吉日

菅野国春しるす

老人ナビ

老人は何を考え どう死のうとしているか

目次

第二章　介護される身として

第六章　老もう十の訓戒

第一章　老人の生と死

死を考えながら生きる

当然のことだが、若いときは「死について」身近な問題としては考えなかった。私にとって、死は遠い先のことにしか思えなかった。知人や近親者の死に遭遇しても、それゆえに死が身近な問題になるということはなかった。死は自分にとっては現実的な思いではなかった。死は私にとっては単に観念でしかなかった。

若いとき、私は大病の経験もなかったし、戦場にかりだされたこともなく、死に直面するような事件にも遭遇したことはなかった。死を自分のこととして真剣に考える機会はなかったのである。

死について深く考えなかったということは、威張れた話ではなく、愚かさをさらけ出しているようなものかもしれない。思慮深く聡明なひとは、年齢に関わりなく、生と死に向き合って、そこから人生の英知をつむぎ出そうとしたに違いない。恥ずかしながら、私は若いときは目先の生活に心を奪われて、死についてなど考えようとしなかった。

十代の終わりころ、自殺を考えたことがあった。正直にいえばいろいろなことに挫折し、生活に追い詰められて、生きることに敗北しての衝動的、情緒的な死への憧憬であった。恥を忍んで告白すれば、人生の挫折といえばもっともらしいが、あらゆることが覚悟の定まらない青春の感傷的行動の結果だった。口に革命を唱えながら、ひそかに太宰治を愛読するというニセ文学少年の荒唐無稽《こうとうむけい》な自殺願望だったのである。その証拠に、死に場所を求めて徘徊しているときに、従兄弟と出会ってカツ丼をご馳走になるや、見事に自殺の意欲が萎えてしまった。以来、数十年間、自殺について考えたことはない。

自殺の落伍者のわが身を棚にあげていうなら、自殺なんかいつでもできると考え、自殺という手段がある限り、人生に追い詰められても最後の逃げ場所とはなる、などと、自殺を絶望の安全弁として考えていた。しかしこのような想いも愚考の証明で、噴飯《ふんぱん》きわまりない。いずれにしろ若き日の私にとって、死はあくまでも観念に過ぎず、切実な想いとはならなかった。

これまた愚か者の述懐であるが、実は七十歳を過ぎても、まだはっきりとは死は見えてこなかった。七十歳にして自分の死は遠い先のことと考えていた。

七十八歳で軽い脳卒中で入院したことがある。生死をさまよったわけではないが、今まで、漠然としていた死が少し身近に感じられるようになった。《おれにも、そろそろ、死ぬ時期が来ているのかな》などと、ふと考えたりするようになった。

親しくしていた人の訃報も、年経るごとにその数が増してきた。そのことも、死が身近な事件として感じられるようになった理由かもしれない。私の知人に限っていえば死の年齢は、八十四、五歳前後が多い。

知人たちの死はさっぱりしているというか、あっけないというか、訃報のはがき一枚で知らされるだけである。残された私としては、あのとき会っていればよかったとか、話を訊いておけばよかったと考える。とはいうものの、その想いもそれほど深刻というわけではない。死んでしまえばすべては終わりなのである。それが死というものである。

この二、三年、殊勝にも、この桜は来年も見られるだろうかということを考えるようになった。いつの間にか死の思いが切実かつ具体的になったのである。

昔、雑誌記者の仕事をしているとき、余命三か月を宣告された若いガン患者をインタビューしたことがある。ちょうど桜の時期で、その人に指定されて出かけたレストランの庭に桜が咲いていた。

「この桜は来年、私は観られません」

割にさばさばした口調で私に言った。私のそのときの年齢は五十代で、ガン患者は三十代のひとだった。若いのに死と向かい合う姿が泰然としているのに感心した。そのとき私は、漠然と《余命三か月を宣告されたら、自分はこんなに落ち着いてはいられないだろうな》と思った。しかしその想いも、死の実感などではなく、どこか他人事《よそごと》のような、漠とした感慨だった。しかし、現在の私の心境はそのときとは違う。身近なひとの死に出会ったりすると、一瞬、《明日はわが身だな……》と思ったりする。

七十代の終わりころから、他人の死が心にしみるようになったのである。もはや死は他人事ではない。死の実感が色濃くなったのである。

昔、ガン患者が「この桜は来年、私は観られません」といったときに、私の反応は多分に、冷ややかであったが、今なら、《ひょっとすると、私も観られないかも？》と共感するに違いない。私にとって死は身近な現実になったのである。

私の年齢になると、死はいつやって来るかわからない。今日は元気だがあしたはこの世にいるかどうかわかったものではない。

めったに会う機会のないひとと別れの挨拶を交わしながら、この人と生きているうちに再び会う機会が訪れるだろうかという想いが心をよぎる。若いときには明日があったのに、今の私には確かな明日がない。

死とともに今日を生きているのが老人の姿である。それでも笑っていられるのは、明日は生きているに違いないと心のどこかで考えているからである。しかし実際はその想いは決してあてにならないのだ。

心身の劣化

老人の悲しみの最たるものは、日々に心身が衰えていく現実である。心身の劣化は、現実的には六十代の終わりころから言うに言われぬ形で日常生活に暗い影を投げかけてくる。容貌の衰えに始まって、あらゆる心身の機能が劣化していくのを日々に実感する。わが身の劣化に直面するたびに、その現実を真面目に受け止めれば、その無念さは耐え難い苦痛である。

容貌の衰えは、自分の顔が、日々に醜くなっていくのを長い歳月にわたって鏡で確かめているので、思ったほどの衝撃はない。もし、これが鏡がなく、突然五十年目にわが容貌と対面させられたら、立ち直れそうもないほどのショックを受けるに違いない。

日常的に、常時容貌の衰えを自覚しているわけではないが、何気なく鏡を見て愕然とすることがある。《こんなにひどい老顔だったのか？》という想いは深刻である。自然の摂理の残酷さと絶望をひしひしと痛感する。

当然ながら、老いは、容姿のみが枯れ果てるのではない。脳の機能も枯れ果てていく。人間性も日々に枯渇していく。年老いるとともに、まともな思考ができなくなっていく。物を洞察する力、記憶力、判断力、自制心、克己心、美に対する感受性、全てが劣化する。個人差はあるものの、全てのひとが錆びついていく自分の脳に向き合わなければならない。これも耐え難い。霧に霞むように埋没していく記憶、どこか一点、醒めているところがあるのに、頼りない自分の考え方や判断力。自尊心や孤高の誇りも絶えず揺らいでいる。心の劣化を物語るように、目がかすみ、耳が遠くなり、歯が抜け落ちていく。全体的に動作が鈍くなり、足がもつれ、腰が曲がってくる。

ある日、人の声が聞こえにくくなってくる。耳が遠くなったことに気がつく。私は若いとき、耳の聞こえないひとと話をするのにいらいらした記憶がある。今の私に対して、私と話をする相手は、きっと昔の私のように、いらいらしているのだろうと考えると切なくなる。

耳だけではない。今まで見えていた辞書の文字が見えなくなる。目や耳ばかりではなく、中には匂いも味も失うひとがいる。病気なら治療に期待もできるが、老化ゆえの退化ならいかんともしがたい。

どう嘆いてみても、老いはどうにもならない現実である。生きとし生けるもの、避けて通ることのできない自然の摂理である。

植物に例えるなら、老いは枯葉の季節だ。枯葉はやがて散り落ちて土に帰る。枯葉には詩情があるが、人間の老残は醜いだけだ。醜い終末の季節を迎えたことを悲しみつつも、その現実を受け入れるしかない。

老いの果ては死である。脳も肉体もとどまることなく劣化していく。際限なく衰えつつその果てに終末が待っている。

美しく老いるというのは幻影である。人間は、醜さ極まるところで死を迎えるのだ。その真実から目をそらしてはならない。その現実を周囲のひとに隠したまま生を全うすることはできない。

密林の象は己の死に場所を他に知らせずに果てるという、「象の墓場」の伝説がある。人間の終末は、象の墓場のように人目につかない死に場所というわけにはいかない。第一そんな場所が容易に見つかるはずもない。仮にあったとしても、死に場所を探して自死すれば、周囲のひとに心配や迷惑をかける。

老いが深刻になっていく現実について逆らうのは無駄な抵抗である。どう死を迎えるかということだけに神経を使うべきだ。悲しいかな残された道は死である。その現実を受け止め、開き直って生きるしかない。

醜さを恥ずかしがらないことだ。好んで恥をさらせと言っているわけではない。老いの季節をまともに認め、老いゆえの醜さは他人に許してもらうしかない。心の中で「お許しください」とつぶやくことだ。

醜い姿をさらすことに劣等意識を極力持たないようにすることだ。今、自分の老醜を目《ま》の当りにしている若い看護師もぴちぴちした介護士も、五十年後、六十年後には、自分と同じように老残をさらし、醜い姿となって終末を迎えるのだ。

「この私の姿、これがあなたの六十年後の姿ですよ」

心で語りかけてお世話になることだ。嘆いても嘆いても、荒廃していく心身をどうすることもできない。残酷で厳しい自然の掟をありのままに自認し、かつ関係各位に受け止めてもらうしかない。

老人の厭世感

ときおりふと世の中が厭になることがある。そんなときは、この世から早く消えてしまいたいと思うのである。端的にいえば厭世感《えんせいかん》である。厭世感は私だけの想いではなく、老人には割に多い心境である。周囲の老人たちに訊いても、「そのとおり」と共感の返事がかえってくる。

はっきりとした理由はないが、老人はときおり死にたくなるのである。この想いが高じてくると、自殺ということになるのだろうが、通常はそこまで追い詰められた心情ではない。多くの場合、自殺を決行するまでにはいたらないで、何となく生きているのがつまらないという漠とした厭世の心情である。

老人の厭世的気分は、もちろん思想的、哲学的なものとは関係がない。現状の不満や寂寥感《せきりょうかん》、未来に対する悲観からおちいりやすい心情である。

不満や寂寥感のよってくるところは、慢性的な病気、体の不自由さ、人間関係で感じる疎外感、失恋など、いろいろな原因がある。

若いときは不満や寂寥感を克服しようという活力を内に秘めている。襲ってくるメランコリーでいちいち死にたいなどと思っていたのでは、生産社会、労働社会を生き抜いていくことはできない。第一、些細なことで厭世気分におちいっていたのでは、結婚も子育てもできるはずがない。

若いときは、病気や怪我をしないかぎり体の不自由さを感じることは少ない。ところが老人は心身の劣化から、行動においてあらゆることが意のままにならない。全身いたるところが衰えている。要するにガタが来ているわけだ。やることなすこと、意のままにはいかない。きちんと紐が結べなくなる。まっすぐに歩けなくなる。力が弱くなるので重いものが持てなくなる。すなわち、若いときになんなくできていたことがいつの間にかできなくなっている。我ながらなさけなくなる。こういうときにふと死にたくなる。

自分に失望したり嫌悪したりしたときに「ああ、生きていてもどうにもならないな」と感じるのだ。

若いときに美貌を誇っていた女性が自分の容姿の衰えに絶望したときには死にたくな

るに違いない。年輪の美しさなどといってみたところで、せいぜい六十歳あたりまでであろう。十代、二十代、三十代、四十代あたりまで持っていた、女の輝くような美しさは年老いれば消え去るのは当然である。女性のみならず男性も同じようなものだ。

美貌の衰えはともかく、男も女も、何気なくできていたことが、すべてできなくなっていく自分に対して失望し、自分を責めるのは当然で、これが死にたくなる原因の一つだ。

この日毎にだめになっていく老人の意識は、ナルシストや自信家ほど落差が大きい。落差の大きさは失望の大きさでもある。

私は、文章を書くことしか能がなく、実生活では無能力者と自他ともに認めていたので、年をとることで感じる落差はそれほど大きくはない。もともと、私は若いときから紐の結び方は下手で、歩き方も、走り方も上手ではなかった。過ぎ去った歳月に後悔することはたくさんあっても、現在の自分に失望するほど立派な生き方をしてこなかった。

それにしても、老いるということ自体が絶望である。これからの残された月日は得ることはほとんどなく、全てが失われていく日々である。

そう考えると、やはり厭世気分になる。

終末へ至る二つの道すじ

終末へ至る道すじは幾通りかある。しかし大きく分ければ二つであろう。自分の意志によって決めるか、成り行きにゆだねるかのどちらかである。

老いて死ぬことは必然であり、死は、自分の意志にかかわりなく近づいてくる。残された道は、どのように死を迎えるかという覚悟である。

私は現在有料老人ホームへ入居している。終末の選択を老人ホームに決めたのだが、これは私の意志というより妻の意志に私がしたがったのである。

日本に老人ホームができ始めたころ、私は雑誌の記者をしており、何度か取材して老人ホームのことを記事にした。老人ホームに対しての知識は人並み以上に持っていたが、自分で入ろうという積極的な気持ちはなかった。

そのうちに雑誌記者の延長で物書きの世界に足を踏み入れて、不安定な収入になり、とても有料老人ホームに入る資金などできるはずがないだろうと半ばあきらめていた。なまじ老人ホームに対して知識があったために最初から敬遠していたのである。

私は六十代のころ、自分の終末は成り行きまかせと考えていた。滑稽な話だがありのままを書こう。私には年をとったら、万年床にコンビニ弁当、一升ビンを抱えて昼酒を呑んで過ごすというわが姿をイメージしていた。

完全にリタイアするまでに最低限、二千万円くらいの貯金をして、年をとったら万年床の上に寝たり起きたりして、テレビを観たり、一升ビンで昼酒を呑み、食事はもっぱらコンビニ弁当を食べて過ごすという姿を思い浮かべていた。

幾ばくかの年金が入ってくれば、二千万円あれば何とか、死ぬまでは持つのではないかと楽観していた。若いときは酒とたばこと放蕩の夜明かしで、不摂生な生活をしていたから、そんなに長生きはしないだろうと予測していた。

定期的にプロのお手伝いさんに来てもらい、家の掃除をしてもらい、かつ、たまっている洗濯物を処理してもらえば、ゴミ屋敷になったり、不潔な老人になったりしないだろうと考えていた。

食事は三食、コンビニ弁当でも飢えはしのげるはずだ。コンビニの一角を占めるたくさんの種類の弁当は、栄養のバランスもよさそうだし、あれだけ種類があれば、飽きもこないに違いない。よもや栄養失調になることもあるまいと考えていた。いよいよ自力で生きていけなくなったら、持ち家を売り、その資金で終末だけを看取ってもらう特別養護老人ホームに入って最期を迎えればいいと思いめぐらしていた。

この選択なら娘にも世間にも迷惑をかけなくてすむと考えていた。当然ながら妻も私と同じ終末をたどるものと思っていた。

ところが妻はある時期から終末は老人ホームと考えていたらしい。妻が私に老人ホームの話をしたのは、私が後期高齢者になった年あたりだったと思う。私は全く予想していなかったので驚いた。

私は、仕事も大幅に減らしていたが、当時まだ仕事の上で現役だった。なるべくなら住まいも変わりたくなかった。大作家ならどこに居住が変わっても、編集者が足を運んで来て打合せができる。大作家の中には都会暮しを嫌って、わさわざ地方に移り住む例もある。しかし、私のような無名の文章職人は、編集担当者をはるか彼方の地方の自宅まで呼びつけるわけにはいかない。田舎暮しになれば、途端に仕事はなくなるのは目に見えていた。

「仕事がなくなる……」

切り札として言った。

私の言葉に「仕事をやめればいいじゃありませんか……」と妻は軽く言い放った。

「もうあなたから生活費はいただきませんから」と妻は言い切った。

そう言われてしまえばそれ以上、私の主張を押し通すことはできない。家計を支えなくてもいいということになると、私としては仕事を盾に取るわけにはいかない。

なるべく居住を変えたくはなかった。私は何十年となく、都会の中で仕事をしてきて、都会に対する愛着もあった。東京にも便利な自宅を離れるのは何となく後ろ髪を引かれる思いがした。後期高齢者だというのに、私には年寄りの自覚も薄かった。仕事の仲間にも、馴染みの酒場にも、呑み友だちやカラオケの仲間にも未練があった。当時の心境を思い起こせば、終末に対して真剣さがなかったと思う。前述のように、終末は成り行きまかせで、どこかに終末は自爆してもいいという考えが潜んでいた気がする。我ながらあきれた話だ。年寄りなのにいい気なものだった。

妻から老人ホームへの入居の提案を受けたとき、経済的に無理だろうと心の中で楽観していた。生活費のほうは、私の収入には頼らずにやっていけても、高額な入居金を支払うほどはゆとりはないはずだと考えていた。ところが、妻は私の予測をはるかにこえて準備を整えていた。

国が主導していた年金風積立金、積立式の保険、株式への投資、へそくりなど、いろいろな運用によって、私の予想をはるかに超える金を確保していた。

無名作家の不安定で少ない原稿料収入の中から、妻はこつこつと終末の計画を立てていたのだ。これには感心した。ありがたいと思うより先にぐうの音《ね》も出ないほどにやられてしまったという心境だった。

それに、私には過去に、破天荒で家庭をかえりみない放蕩の歳月があった。離婚を言い渡されても一言もない立場だった。それが、それこそ成り行きで離婚の危機をまぬがれて後期高齢者となったのである。どうやら、今さら離婚をしてもお互いにあまり得策ではないということになったのである。

私は、これから死ぬまで、妻のわがままを聞いて、好きなようにさせてやることが私の贖罪《しょくざい》だと胆《きも》に銘じたのである。したがって私は、妻の考える終末につき合ってやろうと覚悟を定めたのである。

内心、私は元気なら、老人ホームは八十歳前後と考えていたのだが、妻の腰痛が悪化したことで早まった。妻は、腰が痛くて炊事をするのが苦痛になったのである。それに合わせて消費税の値上げや施設の値上げ話があった。値上げ前の契約は、何百万円か有利になるという計算も予定を早めることになった。

老人ホームへ入居したので死に場所が確保できたわけで、私にとっての終末の道筋が見えてきた。

終末の選択や考え方はひとさまざまである。前述したように、私がかつて考えていた成り行き任せの自爆という人もいれば、子供に最期を託すというひともいる。そのために二所帯住宅という例も結構多い。老人ホームについては後述する。

老人の病気とガン

病気というのは老若にかかわらずつらく苦しいものである。釈迦も生老病死を人間の四大苦に挙げている。老いてくれば病気がちになる。老人が病気にかかりやすいのは、肉体の劣化を考えれば当然のことである。老いと病気は、実際のところワンセットのようなものである。

年をとるにしたがって、「病気」に「死」が付け加えられるのだから、老人はこの世の四大苦を全て引き受けているようなものだ。

年をとれば若いときより免疫力も自然治癒力も低下してくる。肉体は劣化する。血圧も高くなる。少しのリスクですぐに病気になる。風邪を引きやすくなったり、胃腸も弱くなる。目や歯の病気も、日常的にしばしば発病する。年をとれば病気もなかなか治りにくくなってくる。免疫系が劣化するのだから、ガン患者も当然ながら増えてくる。

足腰も弱り、転倒する人が多い。腰痛の人も多い。観察しているとほとんどの人が腰の痛みをはじめとする節々《ふしぶし》の痛みを訴えている。

病気は生命力を奪う最大の原因である。年寄りが病気になると肉体の衰弱を加速させる。ひとたび病気になると、回復することなく寝たきりになる場合もある。私の見聞したところによると、年寄りは怪我や病気が長引くと、そのまま、寝たきりになってしまうことがある。なるべく風邪を引かないようにして、怪我にはくれぐれも注意して生活しなければならない。

恥を忍んで告白すれば、私も不注意から二度ほど転倒して大怪我をした。不幸中の幸いで、骨折はしなかった。寝込むことはなかったが、当然ながら外出も、日課の体操も、健康のための散歩もできなかった。長引けばダメージは大きくなる。

恥の上塗りで告白すれば、怪我はしなかったが、無様に転倒したことは前述の怪我以外に二度ほどある。しっかり歩いているつもりでも、どこか歩き方におかしなところがあるのだ。地に足が着かないという言い方があるが、やはり足がよろけているのである。自分では自覚していないが、足が思ったより上がっていないのだ。バリアフリーの大切さをしみじみと感じる。

命取りの病気は「ガン」である。年をとるとガンが発症しやすくなると前述した。いつ自分がガンに襲われるか予測がつかない。私はガンは運命だと考えている。要するに予防するといったところで、そもそもガン発生の仕組みがはっきりしていないのだから防ぎようがない。せいぜいリスクを避けるしか方法がない。

肺ガンのリスクは煙草だといってみたところで、三百六十五日、煙まみれのヘビースモーカーなのにガンにならない人もいる。空気の清浄な所に住んで、煙草と無縁に暮らしているのに肺ガンになる人もいる。暴飲暴食で胃ガンにも大腸ガンにもならない人もいる。それに対して、食生活に気を配り、栄養のバランスを考えた食生活をしていたのに消化器のガンになった人もいる。これではガンは運命だとしか言いようがない。すなわち、ガンに狙われてしまったら、これは運命だとあきらめるしかない。

この年まで生きていると、知人、友人にもガンで死んだ人は多数いる。ヘビースモーカーでついに肺ガンになったという、教科書どおりの死に方をした人もいる。その人は呑み友だちでもあり、酒を呑むたびに「ガンになるぞ」とおどかしていたのだが、「好きな煙草をやめるくらいなら死んだほうがましだ」と言っていた。ところがガンになってお見舞に行ったとき、彼は私の顔を見て「煙草をやめればよかったな」と悲しそうな顔をして言った。私は少しがっかりした。せめて「好きな煙草でガンになったのだから本望だ」と笑ってほしかった。それから一か月あまりで彼は亡くなった。

彼が亡くなったのは七十二歳だったが、手術をしなかったのは手術ができないほどガンが進行していたのだろうか。そのことを本人から聞く機会を失した。遺族に訊くのも何となくためらわれた。

私は、ガンの手術は七十三歳あたりまでならしてもいいが、それ以後はガンとは闘わないほうがいいと周囲の人に言ったり、そのようなことを原稿に書いたりしている。この私の発言には、医学的根拠は全くない。漠然とそう考えているだけのことだ。「ガンとは闘うな」という思い切った提言でセンセーショナルを巻き起こした慶應医大の近藤誠医博の影響を受けたわけではない。

ガンの手術は七十三歳までというのは、昔からの私の持論である。時系列的には近藤医博よりも古くから手術無用論を語っている。もっともらしい言い方だが、私の説は近藤先生のような医学的根拠の全くない思い付き論である。

あえて言い分の理由を説明するなら、昔、ガン患者の追跡取材をして、手術した患者と手術しない患者を比べてあまり生存率に変わりがなかったからである。それなら痛い思いをしないほうがいいという現実的な感慨からである。

漠然とした感想を述べれば、手術をしない患者より、手術した患者のほうが再発や転移をくり返しているような気がするのである。ひょっとすると、手術でガン細胞を切り取ったりすると、ガン細胞は猛然と反撃してくるのではないかという非科学的な恐怖の妄想もある。もちろん、手術でガンを消滅させた人は多数いる。手術で健康を取り戻して生き延びている人も多数いる。そういう人を見ていると、「手術は確実な治療法なのかな？」という思いもしないわけではない。しかし手術なしで、三年しか生きられず、手術して十年ということなら、七十四、五歳なら、三年生存のほうを選んだほうがいいのではないかと思うのである。体を切り刻み、以後十年間、すなわち八十三歳まで生きてみても仕方がないではないかという思いがよぎるのである。

六十歳という若さなら、手術が成功して、以後二十年、八十数歳まで生きられるという期待が持てるなら、手術の痛みに耐えることにも意味がある。しかし七十四歳という高齢で手術をして、八十四歳まで生き延びたとしても、むしろ生きることが肉体的につらいのではないかというのが、私の、ガンの手術七十三歳限界説である。

私のガンに対しての無抵抗論は、痛い思いをして手術して、四、五年余計に生きてみたところで意味がないという意気地なしの発想である。

社会にとって貴重な政治家、学者、芸術家は一年でも長生きしてお国の役に立つことは義務であり、かつ選ばれた人の使命でもある。そのような人は痛みや苦しみと闘っても延命することの意味がある。

私のような無印人間は死神に逆らったりせずに、極力苦痛を回避して、死神に捕まったときがこの世の終わりというわけだ。

老人と人格の変化

老いは心身を劣化させるという話は前述した。老人になったために暴力的になったり、気短《きみじか》になったりする人もいるが、これも劣化現象のひとつかもしれない。逆に若いときに怒りっぽい人が年をとって柔和になったりする例もある。これも劣化現象なら、劣化することもあながち悪いことではないと思えてくる。

認知症傾向で、性格が変わったりする例もあるが、これは病気であって、単なる心身の劣化とは区別しなければならない。老人になって無気力になったり、無口になったりする例もあるが、これは老人特有の鬱《うつ》的な心情によることが多いような気がする。これも、鬱という病気のなせるわざであろう。

老化すると、老人特有の病気とは関わりなく、知性の衰えに加え、理性や感情のコントロールがヘタになってくる人が多い。少しのことで激したり、悲しくなったり、怒りがほとばしったりする。周囲と自分の距離感がつかめなくなり、考え方や行動が自己中心的になりやすい。

老人になると、自分の欠点に気がつかないので、おのれの行動に反省することも少なくなる。わがままで、自分勝手な振る舞いをするようになる。老人の性格は病気に関わらず歪んでくる。

老人の欠点ばかりをあげつらったが、もちろん例外の老人もたくさんいる。年老いても、何ら人格、性格に変化が起きず、むしろ時間の波に洗われてますます清廉高潔《せいれんこうけつ》になり、歳月の試練をくぐり抜けてますます円熟味を増したという老人もいる。言うならば仙人とは斯《か》くの如き人を指すのかと思われる理想の老境にいる人だ。

私の場合を述べれば、とても清廉高潔とはいかず、円熟にはほど遠い。だいぶ角が取れてはきたが、いい年をして、いまだに自己顕示欲もあれば、気取りも、自意識過剰も、虚栄心もある。あえて、老人になってよくなったところを無理に挙げれば、若いときよりも欠点をストレートに露出することが少なくなったような気がする。すなわち欠点に対して反省や自制の心が働くようになったのである。

例えば、自分の欠点や悪癖がでそうになったとき、《そんなことをひけらかして恥ずかしくないのか？》と、愚かな気持ちを叱咤《しった》する声が心の内に聞こえ、《おまえはまだそんなことに心を動かすほどくだらない男だったのか》と反省、かつ自嘲する気持ちを持つことができるようになった。つまらないことで見栄をはったりしたときなども、かすかな自己嫌悪を感じて自分を叱ったりする。このような反省の心は若いときには少なかった気がする。これは自分の未熟さを露呈するようなものだが、絶えず心の中で葛藤をくり返しつつも、若さ故に自分を律することはできなかった。葛藤は、内心、愚かな動揺だと気づいているのに、そのことを自認することで自分の存在が不確かなものになるように思えて怖かったのだ。

自分は鼻持ちならないキザな男だという自己嫌悪や、人の目を気にする小心者という意識にも苦しんだ。年齢を重ねていくうちに、このような未熟故《ゆえ》の苦悩は少なくなった。それなりに枯れたのだと思う。不器用ながら自分をコントロールすることができるようになった。老人になることはつらいことだが、心の動揺はだいぶ少なくなってきたのは救いだ。

諦観《ていかん》といえば、もっともらしいが、自分の身にふりかかる困難な事件も、あきらめの境地で接することができるようになった。偉そうな言い方をさせてもらえるなら、その想いは「絶望の悟り」とも言うべき境地である。

物事を過信したり、盲信したりしなくなった。いろいろなことに先が見えてきたのである。結果が意に反していてもがっかりしなくなった。結果が出る前に、おそらくこれはうまく行かないだろうなと悲観的な見方をすることが多くなったためである。もっとも老人が自分を過信、盲信して、常時進路を誤ったのでは、無様でバカ丸出しである。

どうあがいても現実は変わらないということを残念ながら認めざるを得ないのだ。終末を迎える身では、人生に期待も希望も持てないのは当然である。それは確かに淋しい心境だが、絶望というほど落ち込んだ心境とも違う。どんなにすぐれた能力の保持者でも、八十歳過ぎたら総理大臣にも東京都知事にも無理な気がする。町内の自治会長ならボケ防止で登用してもらえるかもしれない。おそらくそんな程度である。

私にはいまだに多少の仕事の依頼はあるが、私自身、社会の第一線からは半分は身を引いたのである。残念ながらそう自覚せざるを得ないのだ。

私が老人ホームに入ったのは七十七歳であったが、多くの知人より「いよいよ悠々自適ですね」と言われた。

私の勝手な解釈だが、悠々自適というのは、第一線で働く能力があるのに身を引いて静かな境地で余生を過ごすということである。悠々自適というなら六十歳くらいの人が第一線から身を引いたときに使うべき言葉であろう。七十七歳からでは悠々自適というより、いよいよ終末のための準備の季節を迎えたということである。

もっとも、私の場合は七十七歳でまだ駄文雑文の売文業を続けていたので、「いよいよこれであなたも売文業の店仕舞いですか」という意味で、悠々自適と言われた言葉だったのかもしれない。

自分では生涯現役と意気がってみせても、他人様は、あるいは「くだらない仕事を早くやめたほうが身のためですよ」と私に向けての引退勧告のはなむけだったのかもしれない。ところが何の因果か、いまだに仕事を続けている。

今では「ぼけ防止には文章を書くのが一番です」と変な激励をしてくれる人もいる。ぼけ防止の仕事としての駄文書きなら生涯現役も悪くはない。しかし、自分のボケ防止のために書いた駄文を商売にしているのは商道徳に反する行為だと反省をしている。

好かれる老人と嫌われる老人

老若に関係なく、できればだれにでも好感を持ってもらいたいと考えるのが人情である。しかし、だれにも好かれたいなどと考えるのは、私が俗物の凡人ゆえかもしれない。中には他人の好悪の感情など超越してわが道を行くという孤高の人もいる。栄華、俗塵《ぞくじん》の街を低く見て我独り泰然として終末を見据えている老人だ。このことは何かの本にも書いたのだが、明治の作家、永井荷風《ながいかふう》がイメージとして目に浮かぶ。

荷風のような超俗の老人ではなくとも、わが道を行くという老人はいることはいるが、凡俗の老人がわが道を行くのは、孤高のためというより、他人と自分の位置関係がつかめなくなって、自分中心の勝手な振る舞いをしているように見える。わが道を行くことが、精神の自立ではなく、単にわがまま気ままになっているのだ。これは気の毒な生き方としか言いようがない。心が劣化したために、公衆道徳にも疎《うと》くなり、自分の行動が他人の迷惑になっているのに気がつかないのだ。このような老人になってはいけないと私は自戒している。

あるいは、孤高というより、引っ込み思案や人嫌いになって閉じこもる老人もいる。人嫌いは孤高というより偏屈なだけである。どんなに絶望的な人間関係を経験しても、人間が人間を嫌いになってしまったら生きている意味が半減してしまう。人間は人間によって生かされているのだ。幾つになっても生きることの意味を失ってはならない。生きる意味は自分以外の人間によって示され教えてもらうのだ。

人嫌いになるのにはそれだけの理由があるに違いない。傷つけられたり裏切られたりした結果のことと思う。本当にいろいろな人間がいる。悪人もいる。偽善者もいる。吝嗇《りんしょく》な人間、冷酷な人間、傲慢《ごうまん》な人間……悪いところを挙げればきりがない。しかし、模範とすべき立派な人間もいる。慈愛に満ちた、仏のような人もいる。

私自身は、とても立派な人間とはいえないが、日々、くり返す過ちや愚行を悔いながら、少しでも立派な人間でありたいと願いながら生きている。願うだけでは進歩はないのだが、そう願わないよりはそう願って生きることはよいことだと自分に言い聞かせている。

老いゆえの心の劣化は、人間性を歪めたり変質させてしまう。かつて仏のような心の持ち主が、老人になって猜疑心《さいぎしん》が強くなったり、他人に対して憎悪の感情がつよくなったりする。そんな人を見るにつけ心が痛む。

美しかった葉桜が、枯れ枝になるように、美しく瑞々《みずみず》しかったものが、枯渇《こかつ》するのは自然の摂理だが、人間は肉体のみならず心まで劣化する。それはとてもつらいことだ。老いゆえに、正しくものを見る目が曇ったり、正邪を判断する心が歪んでしまうことは悲劇である。しかしこの事実は避けて通ることはできない。これこそが無常の真理である。

老いたる者は、たえずそのことを自覚していたいものだ。自分のマイナス思考に思い当たったら、これはひょっとすると老いゆえの心の劣化ではないかと考えてみることだ。そして、我を取り戻してみたらどうだろう。私は空論で言っているわけではない。八十一歳の私はそのように生きたいと思っている。

私は達観しているわけでも悟っているわけでもないから、絶えずマイナス思考に振り回されている。怒ってみたり、人を羨《うらや》んでみたり、他人を憎んでみたり、生きているのが嫌になったりすることもある。そういうときは「ちょっと待てよ。これはひょっとすると、老化現象ゆえの心の動きではないか？」と自問自答するわけである。すると、マイナス思考が少し影をひそめて、やや我を取り戻すのである。ああ、怒らなくてよかった。ああ、あの人を憎まなくてよかった。ああ、暗い気持ちにならなくてすんだ……、と、ほんのちょっぴり、前向きになるのである。

他人《ひと》に好かれる老人がいる。あまり好きな言葉ではないが「好好爺《こうこうや》」と呼ばれる年寄りだ。人格円満、いつも笑顔で人に接するような老人である。若いときは喧嘩っぱやく、激しい気性の持ち主が、老人になって好好爺になったところをみると、好好爺は心の劣化のひとつのパターンなのかもしれない。このよう心の劣化なら大歓迎である。

私は心底「好好爺」にはなれない。しかし、マイナス思考の自分を絶えず反省しつつ、表面的に好好爺にみせることはできるのではないかと考えている。私の場合は、偽善的好好爺というわけである。しかし、選挙に出るわけでも、結婚詐欺のための偽善というわけでもない。単に好好爺ぶる偽善である。だれにも迷惑をかけない偽善である。「何て感じのいいお爺さんだろう」と呼ばれたいだけの話である。

老人の心の劣化には、身なりを気にしなくなるというパターンもある。周囲の目が気にならなくなるのも、老化の顕著な兆候である。昔、お洒落《しゃれ》でダンディだった人と久方振りに会ったことがある。その人は、当時、七十代半ばになっていた。私の目の前に現れたその人のコートは汚れ、全体的にうらぶれた格好をしていて心が痛んだ。かつての颯爽《さっそう》としたモダンボーイ風の面影は消え失せていた。

確かに、年をとるとお洒落に無関心になる。自分の身なりについて配慮ができなくなる。そのために、周囲の人に不快感を与えていることに気がつかなくなっているのだ。清潔な身なり、お洒落な身なり、若々しい身なりを忘れないことが老人の外出の心がけである。

どうすれば好かれる老人になれるか、考えてみるのも老化防止になる。できれば好かれる老人になりたいと考えて生きることが大切だ。

死の予感

死の予感というのは、六十代あたりまでは、特別な人以外は、おそらく持つことはないのではないかと思う。少なくとも、私の場合は、死の予感を持つようになったのは、七十代の半ばを過ぎてからである。

昔、五味康祐《ごみやすすけ》という時代作家がいた。占いをよくする作家で、四十代のとき、自分の寿命を自分で占い、「自分はおそらく五十幾つかで死ぬであろう」というようなことを広言していた。そんな先のことをだれもまともに受け止めておらず、話の種として笑い話で語られていたのだが、本当に占いどおりの年齢で急逝した。どう考えても、占いはまぐれで的中したとしか思えない。五味康祐本人が大真面目に五十半ばの死期を信じていたとは思えない。

私は八十歳あたりから自分は八十五、六歳までには死ぬのではないかと漠然とした予感を感じている。この予感を家内には口に出して伝えている。家内は私が伝えた予感に対して、感情的な動きは一切見せず、死亡通知の文章をはじめとする事務的手続きをきちんとしておくことを求めた。ときおり、「まだできていないでしょう」と事務処理の遅れについて非難めいた口調で催促することがある。私は、仕事を抱えていたり、入院したり、義理でつき合わなければならない遊びに時間を取られたりして、いまだ事務処理は完了していない。死に際しての事務処理が遅れている理由の一つに、この処理が終わってしまうと、早めに予感が的中するのではないかと少しためらう気持ちもある。

出先で高熱を発して救急車で病院に搬送されたときは、救急車のベッドの上で、いまだに死後の事務処理が終わっていなかったことを少し悔やむ気持ちが脳裏を去来した。しかし、死にもせずに半月後に無事に退院してからも、いまだその事務処理に手をつけていない。死の予感といったところで、特別に占いの根拠も、持病の肉体的疾患があるわけではない。ただ何となく、私の一生は八十五、六歳であろうという漠然とした想いである。

喘息は私の持病であるが、薬を飲んでいるせいか、三十年近く発作が起きていない。喘息は死の予感に影を落としてはいない。

七十七歳の夏、軽い脳出血で入院したが、これも半月の入院で退院し、二か月くらいで後遺症はなくなった。今は普通に暮らしている。ただし、こちらの方は私の死の予感に幾漠《いくばく》かの影を落としているかもしれない。

知人、友人で急逝する人に「脳梗塞」「脳出血」「ガン」が多い。そして、年齢はほとんどが八十四、五歳である。それに、私の家系は、脳卒中（脳梗塞、脳出血）と肺病である。死の予感として、私は、脳卒中か肺炎で死ぬのではないかと考えている。

もっとも、四十代、五十代のころは、私は七十歳までは生きないであろうと考えていた。何しろ、若いときは、酒と煙草、暴飲暴食、夜更かしという不摂生な生活の明け暮れであった。若いとき、自分はまとな死に方はできないだろうと考えていた。ところが案に相違して、あれよあれよと思う間もなく、八十歳を迎えたのである。

四十代で、七十歳まではとても生きられないだろうと考えたのは予感というより単なる予測である。何しろ、四十代の私にとって七十歳は遠い未来であった。若いころの私自身の七十歳寿命説は切実なものではなかった。

今、私が予感として八十五、六歳で死ぬのではと考える「想い」は割に切実である。多少の切迫感がある。死の準備らしいことをしておかなければならないと考えるのである。

このような予感を持ちながら、いつの間にか寝込むこともなく九十歳を迎えられたら、これは慶賀なことである。私はそのことを望んでいるというより、八十歳を過ぎたら死の予感のようなものを持つのが老人の特性ということである。もっとも個人差があり、強く予感している老人と、漠然と意識のへりに触れる程度の人とさまざまである。病気がちで入退院をくり返している人などは、死の予感に割に切実なものがあるのかもしれない。

私の年代の老人が持つ死の予感は、死の準備の季節に入った者の心がけみたいなものであり、多かれ少なかれ、どの老人も抱いている予感かもしれない。

第二章　介護される身として

プロの技術プラス愛

二年間の間に三度も入院し、介助、介護を受けることになった。病気にならなくても、我が身がままにならない老人としては、病の身はことのほかつらい。気弱にもなる。そのためか、人の情《なさけ》はいっそう身にしみる。

入院中は、毎日、看護師さんや介護士さんの世話を受けた。点滴、検査、投薬、食事など、常時お世話になる。高熱があるなど、歩けないときには下《しも》の世話までわずらわせることもある。そんな、折々、物書きの習性で、自分がお世話になる身なのに、世話を受けながら、看護師さんや介護士さんの仕事ぶりを観察している。恩を仇で返しているようで、いささかの自己嫌悪は感じている。

看護師さんや介護士さん、いずれもプロとはいえ人柄はさまざまである。

愛想のいい人、無口な人、温かみのある人、冷たく感じられる人……、など、人柄はそれぞれに違う。人柄は違って当然で、冷たく感じられる人でも私はそれほど気にならなかった。冷たく感じられても、看護や介護のプロとして技術が身に付いていれば人柄に対してとやかく言うべきではない。中には愛想がよく、笑顔を絶やさないのに、プロとしての技術や意識が身に付いていない人もいた。

もちろんその逆の場合もある。プロとしての技術は身に付いているのに、ハートの部分で首をかしげるような人もいた。夜中にナースコールで呼んだとき、それがささいなことだったため、「そんなことでいちいち呼ばないで！」という顔をされたことがある。

多忙な中での貴重な仮眠を、くだらないナースコールで呼びつけられるのは確かに腹立たしいに違いない。しかし、プロなら腹立たしさを顔に出してはいけないと私は考える。看護や介護のプロというのは、介護する相手に落ち度があっても、そのことをあからさまに非難するのはプロの意識とはいえない。

プロというのは、玄人《くろうと》ということで、通常はその道の技術の専門家のことを言う。砕けていえば職人のことである。物を製造したりする人の専門職のことをプロと言う。プロとはプロフェッショナルの略称である。

その道一筋のプロには偏屈な人が割に多い。世間は偏屈であっても、その職人の孤高的生き方を許容していた。技術さえしっかりしていれば、人間的に多少問題があっても、そのこと自体非難されることはなかった。

「あいつは変わり者だが、仕事は一流だからね」

世間はそんなふうに言って人間的に歪んでいる部分は黙認した。

ところが、同じプロでも、看護や介護のプロということになると、人間性の偏屈をプロの個性として容認するわけにはいかない。同じプロでも、職人と違うのは、看護師や介護士は、技術を用いる対象が物ではなく人だからである。看護や介護のプロは、一般の職人のように、物に向かい合うように冷徹に無心に対象に接するというわけにはいかない。

プロとしての資格は、看護師や介護士は、プロとしての技術や知識の他に、人間性そのものが求められる。これは医師も同じである。

その道のプロというのは、一般的には好きな道をきわめた結果としてプロになる人が多い。もちろん例外もある。それほど好きな道ではなかったが、家業を継ぐために技術を習得したという例もある。しかし、まるっきり嫌いということではなかったと思う。父や母の仕事を引き継ぐためにプロに転向するわけだから、ＤＮＡ的にも素質があったことは考えられる。

看護や介護の仕事は単に技術習得をしてプロということにはならない。その仕事が好きでなければならない。

実は、看護や介護の仕事が「好き」という言葉に、私はいささか抵抗がある。相手は病人であったり、身障者であったり、老人であるわけで、いわば弱者である。場合によっては、自分の排泄物を自分で始末できない人もいるだろう。そんな状態のひとたちを、自らの手で処置し、清潔にしてやらなければならない。このような作業をプロとして好きだといえるのだろうか。

それでも、私はその仕事を選んだ人に「好きで選んだ職業」と言ってもらいたい。弱者を世話をすることが、神によって与えられた天職と考えられる人に、看護師や介護士にはなっていただきたい。介護を受ける身として、いささか虫のよい願いだが、看護師や介護士は、技術プラス愛のトータルによってプロの仕事人と考えてほしいのだ。

私がある病院に入院した当初、まったく食欲がなかった。そのことを看護師さん、介護士さんの中には気にかけていただいた人もいる。

もちろん、そのことにいささかの関心も示さずに、義務的に食べ残しを一瞥《いちべつ》するだけの人もいた。あるいは、何らかの感慨は抱いているのだろうが、それこそ冷静なプロとして表情に表さずに処理したのかもしれない。

そんな中で、ある朝、私の食事に特別に関心を寄せた人がいた。

「どうしても食べられないのね。ご飯に味噌汁をかけて食べたら？　私は食欲がないときはそうしているの……。味噌汁かけて食べてみたら？……」

その看護師さんは、私に味噌汁をかけて食べることをしきりにすすめた。私は、そんな経験は少なかったので、実行はしなかったが、看護師さんのやさしさは身にしみた。何とかして、食欲のない私に食事をさせようとするやさしさが伝わってきた。

この人は看護師さんのプロなんだと、そのとき、私は感心したのである。

介護の基本は思いやり

介護をする側の基本的な心構えというのは、介護する対象に対しての「思いやり」ということにつきるだろう。思いやりなどというのは当たり前過ぎる感想である。しかし、このありふれた意見は、油断しているとついおろそかになりがちである。

思いやりというのは、介護の現場にかぎらず、人間として持っていたい心情である。思いやりというのは、相手の気持ちを思いやるということで、言い換えれば相手の身になって考えることである。

相手がしてもらいたいことを察知してそれに応えてやるのが思いやりである。「思いやり」と言葉に出してみるといとも簡単なように思えるが、そもそも相手の身になって考えること自体が難しいことなのだ。

相手の身になって考えるという生き方が人間の普遍的な生き方になれば争いや戦争はもっと少なくなるに違いない。いまだに紛争や戦争がなくならないところを見ると、相手の身になって考えることは、口で言うほどには生易《なまやさ》しいことではないのかもしれない。

理想論といえば理想論なのだが、看護師さんや介護士さんは、プロになるためには、技術と同時に思いやりの精神がセットになって身に付けることが必要である。プロとして基本的な技術を身に付けるのは不可欠の条件だが、その技術に光沢《こうたく》を与えるのが思いやりという精神である。

できればその思いやり精神は、天性のものであることが望ましい。贅沢をいえば、もともと思いやりの心を持っている人が、看護師や介護士、医師になることが望ましい。しかし、なかなかそのようにはいかない場合が多い気がする。

そのこと自体、私は悲観的に考えてはいない。技術を磨く過程で、自分の職業というのは、どういう性質をもっているかということに思い至るはずである。そのことに思い至ったときがプロとして自立したときである。

大工さんとしてのプロは、ユーザーに喜ばれる家を建てたいという、職業的使命を感じて仕事に向かい合うはずである。しかし、最初は単に技術を習得したいと考えて、プロの世界をめざしたのかもしれない。それでも、究極的には、その技術を必要とするユーザーの心にかなう仕事をすることが自分の使命であることに気がつくはずだ。

職業というのは、自分の暮らしを守るための報酬だけが目的ではない。職業を通して人間社会に奉仕することである。

看護師は病人の身になって自分の技術を精一杯提供することである。介護士は介護を求める人の身になって、自分の技術をフルに発揮することである。最高の技術と思いやりの心を提供された人は、満足度は相当に大きいはずである。

人間を扱うプロは、技術と同時に身に付けなければならないのは「思いやりの精神」である。技術と心の二つが一つになって本当の「プロ」である。

老人を幼児扱いするな

若い人からみると、老人はときどき珍妙な発言をすることがある。原因は、脳の劣化による思考力の低下や、そのために思考が屈折しているためである。

とんちかんな言葉のために人々は笑う。多くの場合、その笑いは嘲笑ではなく、親近感のこもったもので決して不愉快なものではない。

老人は自分が笑いの対象になっていることを案外意識しているものである。内心、「あれっ、またおれは変なことを言ったらしいぞ……」と気にしているのである。しかし、聞いた人の笑いの中に悪意や嘲笑がないことで、ほとんどの場合老人が傷つくことはない。

老人のそのような幼児的、とんちんかん発言を周囲の人の中には誤解しているケースもある。内心、老人が幼児に戻ったのではないかと考えているのだ。

「おじいちゃん、あ〜んしましょうね。おいしいおかずですよ」

これなど特別に気になるところはない、まともな応対である。気になるのは「あ〜んしましょうね」というくだりだけである。

今は介護の現場も進歩し、老人に対して特別に幼児扱いが目立つわけではない。しかし、片鱗《へんりん》に明らかに幼児扱いしていることが見受けられることがある。

老人は、アルツハイマーでもないかぎり、一般の予想に反して、自分の言動に対して自覚しているものである。軽微の認知症なら、やはり自分の言動を意識しているという。

「あれっ、この言い方は失敗したかな？」

「ちょっとトンチンかんなことを言ってしまったぞ」

「こんな言い方をするようでは、おれは少しボケたらしいぞ……」

うっかり放言したあと、心ある老人は自分の言動を反省しているのである。

こんな老人に追い打ちをかけるように、その幼児性をからかうような言動や、それに同調して幼児扱いをすると、そのことで内心傷つく老人もいるのである。

ただし、老人の突飛な発言がユニークで会話として面白味があると思った場合、受けて立って会話を続け、盛り上げるようにすることはよいことである。自分の言い方が少し突飛だと気にしていた老人が、自分の珍妙発言にまともな反応を見せてくれたことは老人にとってはある種の喜びなのである。《どうやら、自分の言葉が受けたらしいぞ》と気持ちが安らかになり、満足するのである。

いずれにしても、前述のように、老人は自分の幼児的発言を案外自覚していることを介護の現場にいる人は知ってほしい。

老人の幼児的発言に周囲が幼児を扱うように応対することで、老人は傷つくこともあるのである。老人は幼児的思考の中に漂っていても、けっして幼児ではなく、あくまでも老人なのである。そこのところを間違えてはいけない。

羞恥感と開き直り

病気になると、人間としての尊厳を、ある程度失うことを覚悟していなければならない。どんなに高熱があっても、体の自由が利かなくても、生理的機能が失われていないかぎり排泄物は排泄しなければならない。病人や老人にとって、他人の手を借りて排泄物を始末してもらうのは苦痛である。

意識が失われていれば、自分の身に何が起こっているかわからないわけだから、自分がどんな状態に置かれているか自覚せずに済む。しかし、意識がある程度しっかりしていれば、体は意のままにならないが、自分の無様《ぶざま》で恥ずかしい姿を自覚している。

お尻を拭かれたり、力ないペニスをつまみあげられたりすることは羞恥《しゅうち》であり、耐え難い苦痛である。

そんなときに、感情を一切表情に表さずに手際よく、機械的に処理してくれる看護師さんや介護士さんの態度を見て、「この人たちはプロなのだ」と改めて感心した。こちらは恐縮し、恥ずかしいと思っているのに、彼女たちは一切表情に表さないのだ。これなら、こちらの恥ずかしさも半減する。

しかし、逆のこともあった。プロ意識のおもむくままに、こちらの思惑が無視されることがあったのだ。

私が入院したときの話だが、「トイレに行きたいので手を貸してほしい」と頼んだことがある。

「おむつしているのでしょう？　その中にしちゃいなさいよ。後でおむつを交換するからかまわないわ……」

そちらがかまわなくても、こちらとしては抵抗があるのだ。

「大きいほうも出るかもしれないのですが……」

「いいわよ。あとで、きれいに拭いてあげるから」

そのときは、何度かの押し問答の末にトイレに連れていってもらった。

その後、ベッドの脇に簡易トイレが運ばれてきた。おむつの中よりは、簡易トイレの方がまだ抵抗感は少なかったが、ついに、私は簡易トイレを使わなかった。病気のためにはあまり動かないほうがいいのだろうが、羞恥感はどうにもならない。破廉恥《はれんち》な半生を生きてきたのに、変なことを恥ずかしがる自分に、思わず自嘲の笑いを浮かべた。

オシッコをベッドに寝たままするとき、尿瓶《しびん》に似た器具を使用するのは、割に抵抗なく受け入れることができた。尿瓶のように、ペニスを差し込む口が広ければ失敗はしないのだが、差し込み口が狭い、長いチューブのついた器具を使用したことがある。これは二度ほど失敗してベッドを汚したことがある。

「今度するときは呼んでね。させてあげるから」

二度目の失敗のとき、若いきれいな看護師さんは少し怒ったような表情で私に言った。教えてくれといわれても、こちらとしては尿意を告げるのにいささか抵抗がある。看護師さんの指でペニスをつままれ、差し込み口に導入してもらうのは考えるだけで、とても恥ずかしいことだ。これはできない。汚すことを恐れて以後は慎重になった。それから後は失敗することはなくなった。

いつまでもいい年をして、恥ずかしいなどと言っているのは、むしろ奇異《きい》に映るかもしれない。羞恥感の固まりという図は、老人にあまり似つかわしくない。過度の羞恥感は、むしろ「きもい」と言われるかもしれない。

若い看護師さんも、介護士さんも、いつかは病気になったり、やがて私と同様、年寄りになるときがくる。この人たちも、いつかは不本意な姿を他人にさらさなければならない日がくるのだ。そう考えて、羞恥感を開き直りに転化させ、自らを感情の無い物体に化して介護していただく人に身をゆだねることも必要なのだ。

遠慮深い老人

実際は、遠慮深いという心づかいは、年齢の老若《ろうにゃく》に関わりがないのかもしれないが、なぜか老人に遠慮深い人が多い気がする。もっとも、老人ゆえに図々しい人や出しゃばりという人がいないわけではない。老人になって図々しくなったのは、頭の劣化ゆえで、本当の老人の内面ではないような気がする。私の知るかぎり、老人にはどちらかといえば遠慮深い人が多い気がする。

介護の現場でも、老人の遠慮深さのために、誤解をしたり意思の疎通《そつう》が思うようにいかない場合も起きているのではないかと思う。

「なぜそのことを最初に言ってくれなかったんですか?」

医師や看護師、介護士が訊く。

「悪いと思って……」

老人はうなだれる。

老人が遠慮して言わなかったために、治療の方針や介護の方針が間違ってしまうこともある。「なぜそれを言わなかったんだよ」治療や介護をする側は内心うんざりとしているに違いない。

老人は《相手にこんなことを頼むのは申しわけない》と過剰に考えているのである。そんな考え方の生まれるゆえんは、老人の多くは人生の苦労人だからである。自分がたくさんの嫌なことを経験してきて、相手の人に、自分が経験してきたような嫌なことを味合わせたくないと考えているためである。

相手に対して、少しでも煩《わずら》わしいことや労力をかけることをひかえたいと考えているのである。その遠慮のために逆にたくさんの苦労をかけることに思いが及ばないのである。その辺のところはやはり、少し思考力が劣化しているためかもしれない。

また、過度に老人が遠慮深くなるのは、老人の中に巣くっている「余計物意識」である。老人は第一線から身を引いた社会の中の厄介《やっかい》者という考え方がある。その思いは案外根強く心の片隅にこびりついているのである。

《自分は社会の厄介者だ……。なるべく面倒なことは若い人に頼むのはやめよう》

この考え方があるために、少々のことは遠慮してしまうのである。

介護する側は、そのことをわきまえて、老人の本音を訊き出すようにすることが必要だ。少し、くどいと思っても、本当に言葉どおりなのか根《ね》掘《ほ》り葉《は》掘《ほ》り問いただしてみることか大切である。何度も真意を訊かれているうちに、「実は……」とホンネを語るかもしれない。

老人の側も過度の遠慮はかえって、介護する人に迷惑をかけることを心得て、遠慮もほどほどにすべきである。

「遠慮」は慎み深い心のありようだが、過度になると、少々嫌味に映ることがある。遠慮の限度をわきまえておくことも大切だ。手を差し伸べてくれる人がいたら、素直に人の好意を受入れ、感謝するところは素直に感謝すべきである。遠慮も度を越すことで逆に周囲に迷惑をかけることがあることを知ってほしい。

自由な生き方と長生きの矛盾

長生きすることと、自由に生きることはときに矛盾することがある。八十歳を過ぎると正直な気持ち、もっと長生きしたいという執着は少なくなった気がする。しかしこの考え方には個人差があって、もっともっと長生きしたいと考えている人もいるかもしれない。私の場合はいつ死んでも思い残すことはないと考えている。

大芸術家や文豪の中には、永遠の大作を完成させてから死にたいと考えて、生きることに激しい執念を燃やしている人もいるかもしれない。あるいは学者や研究家の中には、新たな学説の確立や研究の完結途上で死んでしまうことを心残りにしている場合もあろう。

人類に貢献するような仕事をしている人は、一日でも長く生きて国のため、世界のためにつくしていただきたい。またそういう人は、自分自身、もっともっと長生きしたいと考えて、日々精進しているかもしれない。

長生きに執着がないなどと偉そうなことを言っていられるのは、長く生きていてもあまり社会に益がない穀潰《ごくつぶ》しの身であるからだろう。そういう意味では、私などはいつ死んでも気楽なものである。

ガンのような大病になったら、治療をほどこさず自然に死を迎えるというのが、私の持論である。

他の拙著でも述べているし、前述もしたが、ガンの場合、手術をしたり、心して治療ををし、ガンと闘うのは、七十代半ばまでで、それ以後は早々にガンに対して敗北宣言して座して死を待つというのが私の考え方である。

ガンばかりではなく、死の病といわれるような大病の場合も病気と格闘せずに死を受け入れるというのが基本的なスタンスである。

こんなことを放言できるのも、八十歳を過ぎたからかもしれない。ガンに対しての無抵抗主義は、割に早くから広言していたが、案外、若いときにガンを宣告されたら、あわてふためきつつ、ガンと闘ったかもしれない。

八十歳ともなると、どうあがいても先が短い。どうせ長くは生きられないのに、手術で痛い思いをしたり、抗ガン剤でつらい思いをするのは嫌だという思いがある。

その他に、若いとき、ガンの手術をした人と、手術をしないで、民間療法的な素朴なガン治療をしている人の十年間の追跡取材をしたことがある。そのときの追跡結果はガンの手術をした人に早く亡くなる人が多かった。そのときの体験から、いつの間にか潜在的にガンの外科的治療法に不信感を抱くようになったことも遠因としてあるかもしれない。

いずれにしても、私は、積極的長生き指向とは逆の、消極的な老後生活を送ろうとしている。もちろん、頭もしっかりしていて、世の中の動きにも関心があり、食欲もあるのであれば、長生きも大いに歓迎である。

ある一時期、朝の健康体操に参加していた。体操の主たる目的は、体操によって体を鍛え健康を増進するためである。それは、引いては長生きに結びつくのである。

私の体操に対する思いは、健康や長生きを考えてというより、体操によって体の動きが柔軟になるからである。結果的に健康によいことをしているわけだが、目的は、日常の体の動きをスムーズにするためである。朝の体操を日課にしていると、しゃがんだり、膝を折るときなど割にスムーズな動きができる。体操も私にとっては長生き志向というより日常の暮らしやすさのために実行しているのである。

いつも複雑な思いを抱くのは「健康診断」である。健康診断の主たる目的は、病気の早期発見だと思うが、病気が発見されても、難しい治療はする気がないので、「健康診断」は、何となく自分の健康を確認するための手続きのような気がしている。

確かに、これから十年も二十年も生きようとしている人にとっては、病気を早期に発見することは意義のあることだと思うが、病気の早期発見にあまり意味を感じていない身としては健康診断にあまり期待をしていないのである。そうは言うものの、病気になると体はつらい。そのためにできれば病気はしたくない。病気の前兆を事前に発見して予防の処置を施すということなら健康診断も意味がある。

友人に八十六歳の男性がいる。この人は八十歳で健康診断を打ち切った。

「どんな病気でもありのまま受け入れるつもりだ」と彼は語る。

この人はヘビースモーカーで、当然ながら喫煙にドクターストップがかかっている。

「今さら飲みたいものも我慢して長生きしようとは思わないのでね……」と笑う。

私は煙草は止めているが、酒は続けている。はっきりとドクターストップがかかっているわけではないが、当然ながら「酒はほどほどにしたらいかがですか?」と医者にはときどき忠告を受ける。好きな酒を健康のためという理由で止めるつもりはない。

病気のときはさすがに酒を呑まない。呑んでも美味しくないし呑む気もしない。美味しくないものを無理に呑んでも楽しくない。

長生きのために酒を止める気はないが、この私の覚悟は本物か強がりで言っているのか実際のところはわからない。知人の煙草好きは、常に「これで肺ガンになるなら本望」だと、周囲や家族の警告を無視して吸い続けていた。

この男、やはり肺ガンになった。相当に進行していて治療のすべてが手遅れだった。私は彼が亡くなる半月ほど前に見舞いに行った。

「煙草を止めていればよかった……」と述懐した。

私は彼の言葉を聞いて残念に思った。

「煙草のために死ぬのですから本望ですよ」とうそぶいてほしかったのだが、彼は自分の好き勝手な生き方をいよいよ終わりとなると後悔した。私の酒も同じかもしれない。いよいよ追い詰められると自信はないが、酒のために死期が早まるなら仕方がないと、現在のところは考えている。

介護の現場などを見ていると、老齢者が醤油《しょうゆ》などを所望すると、塩分の摂取量の関係で断られている。

「これ以上塩分を摂ると体によくないわ。我慢しましょうね」

言われた人は、ぶ然とした表情をしている。

醤油を所望した人は九十歳を過ぎている。この年になったら、好きなものを食べ、好きなことをして死にたいだろうにと、私など身につまされる。介護の現場ではそうもいかないのかもしれない。

長生きをさせようとする周囲の思惑と、終末を自由に生きたいと考える老人との思惑は若干ずれているような気がする。

意味の無い延命措置は困る

最後の最期だと思うのだが、終末医療でいつも問題になるのは延命措置のことである。延命措置を望むのは老人や患者というより大抵は家族の希望である。このまま、何の手も施さなければ命を延ばすことはできないという段階では、患者本人の正常な意識はないと考えるべきであろう。患者本人は生きたいとも死にたいとも考えてはいないはずだ。要するに植物人間に近い状態と推察できる。

食事もままならず、しばしば誤嚥《ごえん》し、誤嚥性肺炎などにかかりやすくなる。こうなれば、病院側は、胃ろうや経鼻胃管を提案することになる。すなわち、患者の肉体に栄養を流し込む装置をつけるということだ。

本人は若さがあるのに、何らかの事情で一時的に正常な食事がとれなくなって、食べる行為以外で栄養を補給しなければならなくなっての胃ろうや経鼻胃管なら、治療法の一環としてやむを得ないということもあるかもしれない。

しかし、末期の治療での延命措置としての胃ろうである。すでに患者の社会復帰はありえないのだ。それなのに家族の希望での延命措置ということになると、首をかしげざるを得ない。家族には愛する肉親に少しでも長く生きていてもらいたいのである。その気持ちは十分に理解できる。

医師に胃ろうの提案を受けたとき、「そこまでしていただく必要はありません」と断る勇気が家族のだれにもないのだ。そう答えることは肉親として冷たいと思われるのではないかという思惑もある。

しかし末期の老人にとっては無用な配慮である。ただ単に生かされているというのは何とも無意味で無駄な愛情にしか思えない。本人は半ば植物状態なのだから、胃ろうだろうが、沢山のチューブに繋《つな》がれていようが意識はないのだから、どう選択されようとも文句はない。しかし自分が患者で、そのような立場に置かれると思うと、何ともやりきれない。

食欲がなくなり、口から食事ができなくなるというのは、寿命がつきたという証《あかし》なのかもしれない。自然の定めでは寿命の終わりがきているのに、無理に医学の力を借りて自然の流れに逆らうのは、全くの無駄な抵抗に思えて仕方がない。

外国に赴任している息子が帰国するまでの二日間だけ、瀕死《ひんし》の母を生かしておいてほしい、そのための延命措置なら、意味がある。患者本人は全くの植物状態でも、帰ってきた息子は血の通っている母の手を握ることができたのだから、これは、延命措置のおかげと言っていい。

このような意味のある延命も幾つかの死の中にはあるのかもしれない。しかしそれは数からいったら、ほんの数パーセントであろう。残りの九十数パーセントは無意味な延命措置と言っていい。

痛みも苦しみも自覚の無い植物状態の人間が、やがて死を迎えるのははっきりしている。そう考えると、まったく意味のない延命装置で呼吸し続けていることになる。これは私には耐え難い措置である。無粋《ぶすい》な推量だが、無駄な延命装置を止めるだけで日本の医療費の大きな節約になるはずだ。

第三章　老人の内なる秘密

老人の恋心と愛欲

私は六十歳の還暦で、「老人の性」をテーマにした小説を刊行した。六十歳では正直なところ、老人の性については解らないことが多すぎた。六十歳の私には、老人の性を語る資格はなかったというべきである。

私が老人の性について書くことになったのは、四十代から五十代にかけて、約十年間、老人ホームや長寿の老人について原稿を書く機会が多かったためである。これらの取材の折々の副産物として、老人の恋や愛欲について話を漏れ聞くことが多かったのである。私の取材帳は、副産物の材料でいっぱいになった。

私は当時、ペンネームではあるが、スポーツ新聞の官能小説の常連作家でもあった。そのことを知った老人各位は、私の小説の材料を提供してくださるつもりか、自分の現在の性的体験を赤裸々に語ってくれた。

老人ホームの取材では、親しくなったホームの担当者が、正式な取材とは別に老人たちの愛と性について、番外の情報を漏らしてくれたこともあった。

老人たちが直接語る自己体験の「愛と性」には、そのまま信ずることは疑わしいものもあったが、どの話も、私にとって目新しい知識であったのも事実である。

訊き書きのドキュメンタリーとして興味を引く一冊になりそうであったが、そのまま公表するとなると、内容については若干の迷いがあった。また何しろ当時の私は四十代、五十代の若造で、老人の性愛について興味はあったが、深い理解はなかった。

ドキュメンタリーでは二の足を踏んでいたが、小説なら多少の誇張やフィクションは許されるだろうと、六十歳を迎えた年に「もう一度生きる——小説老人の性」（河出書房新社）を上梓した。

老人たちから訊き集めた材料を物語に仕立てたわけで、私が老人の身で書いたものではない。私には老人たちの話に共感できるものもあったが、心のどこかで、その真偽について首をかしげるところがあった。

今、私は八十歳を過ぎたので、身にしみて理解できるところもあるが、今になっても、その真偽を疑うところは変わっていない。

当然のことながら、性については個人差がある。

私が直接当人に話を訊いたところでも、八十代半ばにして現役という男女がいる。しかし、現在の私の身に引き比べてみても、八十代現役は信じ難いのである。ましてや、九十代現役となると、ほとんど信じていない。

医師に訊いても、はっきりした答えは得られない。詳しく調べてみようと思うのだが、医学的に細かいデータがないのかもしれない。また、性は秘めごとなので、八十半ばで現役を豪語する人がいても、それなら「あなたの営みを見せてください」と頼むわけにはいかない。性の体験談については、本人の言うことを一方的に受け入れるしかない。まして九十歳の現役となると、私とたかだか十歳と違わないのに、とても信じられない。夢物語を聞かされている心地がする。もし、お話のとおり、それが事実なら、個人差とはいえ、ずいぶん不公平な現実だと思う。

昔、高齢の人ばかりを収容する病院の取材をしたことがある。今ほど個人情報に厳しい規制はなかったが、それでもきわめて個人的な事柄については執筆をすることは制限を受けた。特別に制限を受けた記憶はない話で、いまだに覚えていることがある。

その病院に入院している、七十七歳の老婦人の話である。彼女には、特別にお気に入りの若いハンサムな医師がおり、彼の回診を強く望むというのである。老婦人の頭はそれほど劣化しているようには見えなかったが、ハンサム医師の回診の日は念入りに化粧を施し、口紅も鮮やかに引くというのである。

当時、四十代だった私から見ると、その老婦人の行為は少なからず浅ましく思えた。私の母親より年上の婦人が、ハンサム医師のために化粧を念入りに行うということ自体奇異に感じられたのである。

彼の診察日には彼女は浮き浮きとし、いささか饒舌《じょうぜつ》になり、ときには医師の聴診器を持つ手を握って放さないこともあったらしいが、それ以上のおかしな挙動もなく、周囲にこれといった特別の悪影響を与えることもないので、病院内で黙認されていたらしい。

あまりに昔のことではっきりした記憶はないのだが、今考えると、彼女の頭脳は正常と劣化の境目にあったのではなかろうか？　そのとき彼女に私も対面でインタビューをしたのだが、私に対してはまったく異性としての興味を示さず、受け答えも正常だったように記憶している。私は彼女の好みの男性ではなかったのだ。

私が無視された話はともかく、七十七歳の女性が、息子より年下の男性に対して好意を寄せるという話は、今になってみると理解できない話ではない。

私は八十一歳の男性だが、それに似た感情の片鱗《へんりん》はある。ただ、私は美人女医さんだからといって、特別浮き浮きもしないし、巡回のたびにひげを剃ったり、聴診器を当てる女医さんの手を握ったりはしない。

実際に、八十歳を過ぎた人間でも、異性に対して魅力を感じたりときめいたりしている。それはまぎれもなく、人間である証《あかし》であるし、頭脳が劣化していない証拠ともいえる。もっとも、異性の興味を引きずったまま、理性や常識をコントロールする脳が劣化して、やたらに接触したがったり、ときには異性に抱きついたりする老人もいる。

このけしからぬ行為も、ほとんどは瞬時のことで、よく語って聞かせると自分の行為の恥ずかしさに気がつき、以後にも引き続いて不埒《ふらち》な行為を実行することはない。けしからぬ行為がしばしば持続するようなら、脳の劣化が急速に進んでいるためで、医学的に対応しなければならないだろう。

すべてを失い、死の淵を見つめているような老人でも、若いときの恋愛や愛欲は生々しく記憶しているものである。その老人の心の内を、私は若いときには理解することはできなかったが、八十歳を過ぎた今、そのことが切実なものであることを断言できる。

異性への関心や愛の記憶を抱いているかぎり、脳が急激に劣化することはないような気がする。確かに昔、取材したときも、異性に関心を持っている老人や、現に恋愛をしている老人は、少なくとも五、六歳は若く見えた。中には十歳以上も若く見える人もいた。

そのことを不潔とか嫌らしいと受け止めるのではなく、本来、愛欲というものは、人間の生きるエネルギーとして、だれもが心身の中で燃焼し続けていたものだと考えるべきだ。年をとって、生理的には燃焼の季節は終わったものの、想いや記憶として心の内に埋み火のように、消えずに残されているのである。

その埋み火に老人は切ない温もりを感じているのである。そして少しの生きるエネルギーになっているのである。

老人と孤独

老人というのは、本来孤独なものである。そのことを意識するしないはともかく、老人各位は人生の摂理として受け止めているのである。たとえ饒舌な老人、賑やかな老人がいたとしても、その老人の本質は孤独なのである。

老人というのは、多くの人間関係を体験し、相手を傷つけたり、人に傷つけられたりして老境を迎えているのである。

親友も、妻も、子供たちもしょせんそれぞれに生きる世界があり、自分はその世界に入っていくことも、人生を共有することもできないのだ。人間はもともと孤独なものだということを老人になって初めて実感するのである。

人間は孤独なものだということは、観念としては私には、二十歳のころにすでに刻まれた想いである。しかし、あくまでもその思想は観念であり、思考とは裏腹に、恋人との濃密な時間を持つこともできたし、心の通い合った友人と激論を交わし、やはり濃密といえる時間を共有することができた。

本質的に孤独であるべきなのに、たとえ議論に打ちひしがれても、恋人と別れても、若いときには自分の周囲に孤独という意識が入り込む隙はなかった。若い時代は、孤独を意識するほど自分を見つめる時間が不足していたのだ。それだけ生きるための雑事に追われていたともいえる。一転して、八十歳を過ぎた今、人間が孤独なものであることを日常の起き伏しに意識させられる。孤独を自覚することは特別に悲嘆な思いではない。この孤独の思いは、生き方を変えてみたところでどうにもならない人間の本質なのだ。

ありふれた言い方だが、人間はまさに生まれるのも一人、死ぬときも一人である。この思いが、日常的に身に付くことで、他者に対して思いやりの心があふれるようになった。おそらくそれは、同病相哀れむと似た心境なのだろう。

《お互いに淋しい者どうしですね。仲良く生きていきましょうね》

こんな想いである。

人の出が少ない午前の公園のベンチに老人が座って、一人物思いにふけっている図などを若いときに見て、「ずいぶん淋しそうだな……」と同情したものである。また、独り住まいの老人が背を丸めて、ぽつんとテレビに見入っている姿などを見ると、「ああ、淋しそうだなあ」と感じたものである。ところが本人はそれほど淋しさを痛感しているわけではないのだ。

ある意味で、老人は過去に生きているといえないこともない。何しろ、未来が少ない老人なのだから、過去に比重が傾くのは当然のことである。老人には考えることはたくさんある。自分の年齢の分だけ過去の思い出はひしめいている。中には思い出すのも嫌な過去もあるかもしれないが、そんな嫌な思い出も長い時間に濾過《ろか》されて、かけがえの無い懐かしい思い出になっていることもある。

はるか昔の思い出にどっぷりひたっていると時間の経つのも忘れている。本当は思い出に生きることは非生産的である。しかし、今まで生産社会を生き抜いてきた老人なのだから、しばし非生産的な時間に身を置くことは非難されるべきことではない。

本当は読書をしたり、政治に興味を持ったり、新しい研究を始めたりすることが望ましいのだが、それは理想論であって、後ろを振り返り、思い出にひたって年を重ねていくのが、大方の老人の現実である。

確かに個人差は大きく、八十歳を過ぎてヒマラヤに登ったり、九十歳を過ぎてもマラソンに挑戦している人もいる。自分の年齢と体力知力に応じたところで新しい生き方を模索することはすばらしいことだが、過去に生きようとする、消極的な生き方も非難してはならない。

淋しそうに考えごとをしている老人を見たら、温かい気持ちで声をかけてみることは大切なことだ。

「淋しそうだけど大丈夫?」

声をかけられた老人は「淋しくなんかないよ」と答えるかもしれない。それは強がりでも、虚勢を張っているわけでもない。考えることが一杯あってとても淋しがってなんかいられないのである。

しかし、頭がそれほど劣化していない老人の場合、人恋しいわけではないが、会話に飢えてくることがある。何日も何日も、人間と話をしていないと、胸の中につかえのようなものが溜まるのである。久しぶりに人間に出会うと、それを一気に吐き出したくなることがある。とめどなくおしゃべりをしたくなるのである。もちろん、この場合も個人差があって、何日も一人でテレビだけを見て、一向に平気だという人もいる。

それぞれ、老人によって、孤独の感じ方や対処の仕方が異なる。老人と接する人はその内面に目を凝らしていただきたいと思う。

生きやすさに流れる老人

基本的に怠け者だった私は、若いときから自分の肉体が楽な行動を選んで生活をしてきた。例えば電車やバスを使って行ける場所でも、タクシーを使うというようなことだ。なるべく体にきついことは避けて通ろうという生き方である。

じっくり反省したことはないが、私の場合、肉体的ばかりではなく、精神的にも楽な方向を選ぶという傾向があるかもしれない。

物書きという職業を選んだのも、あるいはその性向が多少関係しているかもしれない。文章を書くことを面倒臭いと考えている人にとっては私の言っていることは理解できないかもしれないが、私にとって、肉体労働はもとより、多くのサラリーマン諸氏が経験してきた上司に命令されて動くような組織ぐるみの仕事は苦痛であった。もっとも、私も若いときには、組織の中で編集者や雑誌記者として揉まれた経験がある。このときは、普通のサラリーマンと同じように、先輩や編集長の指示で動かされていたわけだ。しかし記者の仕事というのはきわめて個人的な才覚が求められるもので、実際は社の方針や上司に命令されて動かされているのだが、実感としては命令されて動いているという感じは少なかった。

安易につきやすい生き方は、私の人生に、いろいろな弊害《へいがい》をもたらした。克己《こっき》とか、自己に鞭打つということは好きではなかった。あまりにひどいことは恥ずかしくて言えないが、心地好い楽な生き方を求めるあまり、メタボになってしまったなどはまさしく自堕落《じだらく》、放縦《ほうしょう》の生き方の結果である。

何度も自著や随筆で書いていることだが、アリとキリギリスの寓話はそのままわが身に置き換えることができる。働くアリと歌い続けたキリギリスである。もちろん私は働くアリではなく、心地好く歌い暮らすキリギリスである。

私は運がいいために仕事に恵まれ、自由気ままに歌い続けながら年老いることができた。好きな歌を歌い続けながら、安易な道を歩み、それでも飢えることなく晩年を迎えることができた。ひとえに運がよかったためである。

この、易きにつく生き方は老人になるとますます強くなったような気がする。これは、私の生来の傾向ばかりではなく、老人になると、肉体的に衰えてくることも明らかな原因である。すなわち、若いときにつらいと思ったことは、年とともにますますつらくなってくるのである。

例えば階段の登り降りなどもその一つである。私は生まれつき肺が弱かったために、息切れが激しく、若いときから上りの階段は苦手だった。

「階段を薬と思え」と医師から言われたが、まさに良薬口に苦しである。苦い食べ物より甘い食べ物を好む私には、階段を薬と思えという教えは受け容れがたいのである。薬を放棄し、ついエスカレーターやエレベーターに頼ってしまう。

階段の登り降りは一つの例であって、私の場合、一事が万事安易な道を選ぶ。しかし、怠け者の私ばかりではなく、若いときに働き者で苦労を厭《いと》わないという勤勉だった人と、年をとって再会してみると、その人が私と同じような安易な生き方をするようになってい て、驚かされたことがある。この勤勉な働き者も、やはり年には勝てないのだと私はそのとき実感した。

電気製品の取扱い説明書やマニュアルを読むのもおっくうになってきた。少し複雑なことが書いてあると、とたんに読む気がしなくなる。私は仕事が物書きのために、相当に複雑な資料などに、いまだに目を通しているが、これは苦になっても仕事だから仕方がないと自分で自分に言い聞かせている。だが取扱い説明書やマニュアルを生活のために目を通すのだと自分に言い聞かせてみても、素直に納得しがたいものがある。私は近年、電化製品は使い方を懇切に説明してくれる電気屋さんから購入することにしている。安売りの大型店と比べると価格は相当な割高だが、使い方が解らずに苦労するよりはましだと考えている。何しろ、使い方を調べるのが面倒で、購入はしたものの、書斎の棚に入れたまま手付かずになっているものも幾つかある。老化の悲しさである。

老人は実は何もしたくないという思いにとらわれることが多いのだ。ただぼけーっとしていたいのである。これはある意味で困った心境である。

現代の介護現場は、老人に対して、なるべく自力で自分の身を処するように仕向けているのだという。確かに、何でも人の手を借りてやることは、老人にとって生きやすい。しかし、老人の生きやすさに迎合して、何でも手を貸していたのでは、ますます残されている機能を低下させ、自立する意欲を失わせることになる。その理屈もわかる。

なるべく一人でできることは、老人に自分でやらせるということが新しい介護の理念だという。もっともなことだと思う。

しかし、実はこの考え方にも問題がある。だれの手も借りずにできる能力があることを本人が自覚しているのに、苦労してまでその能力を発揮しようとする気持ちを最初から捨てているということがあるのだ。できるのにしたくないと考えているわがままな老人に、どのようにやる気を持たせるかということである。

老人の中には、ちょっと努力を要することは「あれも嫌だ」「これもしたくない」「そんな気持ちになれない」と言って、初めから行う努力を放棄する例もある。前述の取扱い説明書のように、老人は、肉体的な力ばかりではなく、精神的な気力も薄れてくる。少しでも楽な方向に行こうとする。

この老人のネガティブな気持ちを、少しでもやる気を持たせるように導くのは容易なことではないような気がする。

少しのことなら人情としても手を貸してやりたくなる。また、無理に努力を強いようとすると、「なんて冷たい人だ。自分は面倒臭いものだから、この年寄りに押しつけてやらせようとしている」と誤解されかねない。

ここのところは難しい。やはり声をかけ、説明して年寄りに理解させることが大切だ。老人というのは、勘がいいというのか、本能的というか、こちらに寄せる好意の真偽を見分ける力を持っている。こちらの身を思ってこの人はやらせようとしているのか、面倒だから年寄りにやらせようとしているのか見分ける力を持っている。しかし、年寄り特有のひがみや猜疑心《さいぎしん》のために相手の意図を誤解することもある。その間違いを防ぐためにも介護する側の意図を伝えておくことは大切である。

「このお薬、こちらで区分けしてやってもいいけど、自分でできるのだからやってごらんなさい。間違っているかどうかは見てあげるからね」

老人としては毎日服用する薬を介護する人に揃えてもらいたいのである。しかし、自分でもできるのだから、機能維持のためには本人にやらせるほうがプラスになる。ところがやらされる老人は面倒だと感じている。それを何も言わずにただ押しつけようとすると、介護の人が面倒だから自分にやらせようとしていると、ひがむこともある。きちんと説明してやれば、心から納得したかどうかは別として、自分にこの作業を押しつけたのは、単に介護が面倒だからではないのだと理屈としてわかるのだ。

老人は易き道を選ぶのは自分の体が思うようにならないからである。単なる怠け者のために安易な生き方を選んでいるわけではない。そのところは介護する側も理解すべきである。私のような生来の怠け者でも、体が動いたらこんなことは自分でできるのにと、無念の思いを抱くことはしばしばである。

老人のゆえなき不安と不満

「ゆえなき」というのだから、正当な理由がない「不安」と「不満」ということだ。老人の心の中には、たくさんの不安や不満が渦巻いている。もっとも、これにも個人差があって、不安まみれ、不満まみれの老人もいれば、一向に現状に不安も不満も感じない人もいる。正直なところ、斯《か》く言う私の場合は、不安や不満がほとんどない。個人差があるにしろ、私の場合は鈍感に近いほど不安や不満を超越している。後述するが、これは私の場合現実に対して「諦《あきら》め」の人生観を持っているためだと思う。

私は、不安や不満を抱く以前に「人生とは斯《か》くのごときもの」という前提で物事に向かい合うのである。何か意にそまない事件に遭遇したとき、どうあがいても、思い詰めてもどうにかなるものではない。現状は己の力で変えることはとうていできないという思いが心の内を占めるのである。多くの場合、現状をあるがままに受け容れてしまう。不安に思ったり不満に思うこと自体無益なことと自分に言い聞かせるのである。タイトルに矛盾するが、この考え方は、老人特有の心情のような気がする。すなわち、老人にはゆえなき不安や不満を持っている老人と、何事も諦めの中で処理してしまう老人と二種類のタイプが存在するということだ。

若いときには、現状に対して、いつも不平や不満を抱いていた。その不満を解消してやろうと意気込んで、体当たりしたこともある。体当たりして無残にも破れ、結果、当然のごとく、己の無力を痛感することが多かった。

何かに不平や不満を持って、闘いを挑むというのは若気の至りというより、若者の特権だったのかもしれない。今はその経験が下地となっているのか、あるいはトラウマとなっているのか、求めても得られないものには最初から失望しないように諦めの心境で向かい合うということになる。

諦めの心境は老人特有のものではないかと前述したが、一方、その心境を持てない老人も多いのである。正しくは諦めの心境もあるが、不安や不満も拭い去れないということかもしれない。本項のタイトルのように、不安と不満に絶えずさいなまれている老人もいる。

本項は私が自分で感じた心境というより、多くの老人に接して私が感じた老人の心情である。老人特有の不安や不満ということである。

まず不安のほうから述べてみよう。

中にはれっきとした理由があっての不安もあるが、中には第三者からみれば、荒唐無稽《こうとうむけい》、ナンセンスといった不安もある。

老人は小さなことも不安に思う。例えば朝が早い約束などをすると、その時間に起きられるかどうか不安に思うのだ。朝の四時、五時の約束ならその不安もわからないではないが、八時くらいの約束なのに、明日の朝が不安なのである。

「いつもその時間には食事が終わっているではありませんか」

そのように言うと、こんな返事が返ってくる。

「出かけるとなると、洋服も選ばなければならないし、トイレにも行かなければならないし……」

理屈にならない答えである。本人は大真面目に不安なのであるが、聞いている第三者は滑稽《こっけい》でしかない。しかし、本人が心底不安に思っているのである。こちらとしては笑うわけにはいかない。老人の不安は、若い第三者からみれば少し異常に思えるくらい小さなことで感じているのである。

健康についても、同様に少しのことでくよくよと思い悩むのである。確かに老人になると、そちこちに体の不調が出やすくなっているから、不安に思う心情もわからないではない。しかし、普通なら、二、三日、様子をみようというところを、すぐに医者に駆けつけようとする。老人の医者嫌いも困るが、蚊に刺されても医者というのもどうかと思う。

老人の医者通いを揶揄《やゆ》して「あの年寄りは、病院に顔を出しているのだから元気だ」というのがある。どこも悪くないのにせっせと医者に通う年寄りを冷やかして言っているのだ。病院に行って年寄り仲間と歓談するのが目的と考えている人もいるが、むしろ健康の不安から、少しの不調でも医者に診てもらいたいのである。

老人のゆえなき不安は、未来についても同様である。金銭の不安や子供への不安、引いては社会不安と気の毒なくらい広い。しかし実際にその不安はゆえなき不安であることが多い。その不安は確かに深刻であるが、よくよく不安の内容を訊いてみると根拠は薄弱である。そのことを理をつくして話してやると、少し安心した顔をするが、それは一時的で、少し日が経つと再び不安がわきあがってくる。

老人の心の弱さに巣くうゆえなき不安であるが、本人にとってはつらい心情である。老人の周囲にいる人は、今感じている不安は、ゆえなき不安であることを折にふれて説明し、励ましてやることが大切である。

もやもやした不安、言葉にならない不安に老人は絶えずさらされているのである。そのことを理解して温かい心で接してやることだ。

私のように不安を超越しているつもりでも、最近は、一人の旅に不安を感じるようになった。この場合はゆえなき不安というより、かつて、旅先で倒れたことがあるから不安なのだ。今は健康だと自分に言い聞かせてみても、実際に旅先のホテルで倒れて、だれも気がついてくれなかったら、大変なことになるぞと考えて不安になる。七十代までは考えてもみなかった不安である。

また、老人は不安と同じくらいに現状に不満を持っている。しかし、老人は遠慮深いからその不満を口に出したりしない。もっとも、口に出しても「ゆえなき不満」であるから、聞かされる人はあきれるだけである。

ときに介護する人と老人が軋轢《あつれき》を起こすことがあるが、老人のゆえなき不満に、介護する人があきれ、腹を立てるためではないかと推察する。

味噌汁がぬるいとか、自分の扱い方が邪険だとか、ときには、日当たりが悪いなどと文句を言うことがある。日当たりが悪いのは介護する人でも如何《いかん》ともしがたいのだが、あたかもおまえが悪いから日が当たらなくなったのだというような言い方をされる。ゆえなき不満はときに理不尽な不満と思えるときがある。

決して扱い方が邪険というわけではないのだ。力を加えなければ介護ができないこともある。それが老人には邪険に扱われているような気がするのだ。「あの人は乱暴な人だ」と不満を口にもらす。乱暴だと言われた人は釈然としないが、年寄りのゆえなき不満のための被害者である。

年寄りの心の内は、何もかも思うようにできない自分が情けないのである。その悲しみや苛立《いら》ちをだれかになすりつけたいのである。それが不満となって表出されるのだ。なすりつけられる人は迷惑この上ない話だが、「ゆえなき不満」に苦しんでいる老人も気の毒な身の上だ。

ある意味で、取るに足らない小さな小さな不満のとりこになっているのが老人である。その老人に対して、手放しで同情する必要もないが、その心の内を理解して、不満に耳を傾け、ときには不満を持つほうが間違っているということを語り聞かせてわかってもらうことも老人への思いやりだと思う。

老人の食欲

老人になれば食が細くなるのは当然である。もちろんそれにも例外がある。七十歳過ぎて大きなステーキぺろりという人もいる。周囲を観察していると、大食の老人ほど元気である。痩せの大食いといわれているが、元気老人の大食いも一つの真実である。

ありふれた言い方だが、食欲は健康のバロメーターであり、何でも美味しく食べるのは長生きの条件かもしれない。私の体験では、徐々に食が細くなっていき、しまいには食べられなくなって亡くなる人が多い気がする。

一般的には、老人は食べられなくなると多くの人は頭から決めつけている。また老人は食に対して無感動になっていると考えている。しかしそれは違うのだ。青息吐息の老人たちも結構食事を楽しみにしているのである。

入院しているとき、百歳を過ぎた人から、「あなたは食事が楽しみではありませんか？」と訊かれたことがあった。私は病気中でもあったし、あまり食事のことは真剣に考えてはいなかったが、訊かれてみると、確かに私も食事について無関心というわけではなかった。やはり、食欲が有る無しにかかわらず、食事の献立は気になっているのである。

「私はそんなには食べられないけれど、食事の時間は楽しみでね……」

百歳を過ぎてまだ頭のしっかりしているその人は私に語った。

生きようとしているかぎり、食事は人間の楽しみなのだと、そのとき、私は今さらながらの感慨を抱いた。

確かに若いときのように、グルメを求める心は少なくなった気がする。しかし、美味しいもの不味いものの区別はますます強くなった気がする。

美味しいものを食べたいという思いは強いが、量を食べられなくなった。最近は、フランス料理のフルコースや、和食会席のコースなどは荷が重くなってきた。それでも八十歳を過ぎてから、フランス料理、会席のコースは一通り食べた。ワインや日本酒を呑みながらだから、年齢にしては、それなりの大食なのだろう。

同年代の仲間と食事をする機会があると、だれもが食が細くなっているのに淋しさを覚える。かつて私が食べ残すのを見て「なんだ、残すのか。なら俺が食べてやるよ」と、たいらげてくれた大食漢の友人も、今では自分の分の料理まで持て余している。そういうときに、お互いに先が短いのだと痛感する。

それでも、生きるエネルギーのあるかぎり、老人たちは、食事には並々ならぬ関心を抱いているのである。まさに愛欲と同様、人間の意識から、生命尽きるまで消えて失せることがないのが「食欲」なのである。愛欲は老人にとっては、意識の中の想念としてかすかに燃えているだけだが、食欲は生命の活力を求めて、老人の内からほとばしる確かな欲求である。食によって生かされ、食によって生命をつなぐと考えればもっともな話である。

老人と食欲を考えるとき、介護する側は食事をないがしろにしてはならない。一見、食事に意欲を見せていないような老人の中に、「美味しいものを食べたい」という食事への執着が残されているのである。

《いくら手を尽くしても、どうせ味なんかわからないだろう》と考えるのは大きな間違いである。

ただ生かすために栄養分を補給すればいいと考えての献立は戒《いまし》めるべきである。今や命の尽きんとする老人も美味しい食事を求めていることを忘れないで献立を作ってもらいたいものだ。いつ如何《いか》なる場合も、美味しい食事を食べてもらおうと考えて料理を作ってもらいたい。

涙腺の弛緩

年をとると涙もろくなる。気が弱くなったり、感じやすくなることもあるが、ある種の頭の劣化ではないかと考えている。

考えてみるに、悲しみのために涙を流すことは少なくなったような気がする。しばらくの間、大きな悲しみがわが身に訪れなかったのかもしれないし、あるいは、脳の劣化で悲しみを感ずるセンサーが鈍ってしまったのかもしれない。どちらにしろ、老人になると、悲しみに対しては抵抗力があることを自覚する。長年生きてきて、多くの悲しみを体験したためだろうか？　少々のことでは悲しみらしきものに出会っても、涙がにじんでこないのだ。

ところが、感動や哀れに対しては、いけないと思いつつ、涙があふれてきて頬を濡らすのである。

身近な例では、オリンピックなどで君が代に合わせて日本国旗が掲げられ、金メダルの選手が神妙に国歌に耳を傾けている姿を見ると、涙腺がじわ~っと緩《ゆる》み、わが頬に熱い涙がしたたるのである。これが巷のレストランのテレビなんかだと、《これはまずいな、みんなに泣いているのをみられてしまうな》と思うものの、涙腺は緩みっぱなしで、涙を止めることはできないのだ。

新聞の記事でも、雑誌の記事でも、感動のレポートなんかに出会うと、じ~んと目頭が熱くなる。この記事を書くのに、《この記者はどんな苦労して記事にしたのだろうか》などと考えようものなら、熱くなった目頭から、思わず涙がこぼれてしまう。

ところが肉親の死、親しかった先輩の急逝……というような、深刻な悲しみに遭遇しても、遠い内部に冷ややかな思いが流れ、泣き伏したり、遺体に取りすがって号泣したりはしない。もちろん、涙は出なくても、深い嘆きのようなものは、ずしりと心の内に沈んでいるのであるが。

《もう少し生きているうちに会っておけばよかった……》

《きみの死は、早すぎる死だな……》

《一方的に恩義だけを受けて、万分の一も借りを返していないのに先立たれてしまった》《もう、話し合うことも、話を聞いてもらうこともできないのだね》

痛恨の思いは身をさいなむのだが、不思議に涙が出ない。号泣したいのに妙に心は静かなのである。泣けたら、少しは気が晴れるかもしれないと考えたことはある。

それなのに、些細《ささい》な感動ですぐに涙が出る。実際の身近な死に対しては冷え冷えしているのに、芝居の中で見る親子離別の死の場面や、恋人同士の永別の場面では涙がとめどなく溢れてくる。こんな場面で泣くとは何と愚かな奴だと自嘲するのだが、突然の涙腺の弛緩には如何《いかん》ともしがたいのである。歌などを歌っていて、突然歌に連動した思い出がよみがえって、涙腺が突然緩むことがある。恥ずかしいと思うがどうにもならない。聞いている人はさぞ白けているだろうなと考えると、恥ずかしさに身のすくむ思いがする。

昔、レコード大賞などを受賞した若き女性歌手が感激で涙があふれ、歌がとぎれがちになるのを見て、《プロはそんなことではいけない。泣くなら、歌を終えてから泣け》と少し白けた気持ちを持ったことがある。

それが、八十歳を過ぎた老人が、思いがけない演歌を歌っていて、急に涙で歌がうわずってしまうのだから、何とも滑稽きわまりない。

水道の栓なら、ひねれば水が出るのだが、老人の涙腺は突然、思いがけない刺激で急にゆるんでしまうのだから始末に悪い。

周囲の人は、ぼけたのかもしれないと思うに違いない。確かに脳の劣化であることは間違いないが必ずしもぼけたためではない。突然、感動したり、古い記憶がよみがえったりして、涙腺が自動的に緩むのである。そんなときは、見て見ぬふり、やさしく見守ってあげてほしい。

「何か悲しいことがあるのね……」

「何かに感動したのね」

と、やさしく言葉をかけてやるのはいいが、「何が悲しいの？　悲しいことなんか何もないじゃないの。可笑しいわ」などと言ってはいけない。

第四章　老残つれづれ草

ふるさとを恋う

私は十六歳（高校二年）でふるさとを出て、以来、異郷の地で暮らしている。もっとも、私が四十歳まで母が生きており、どんなに多忙でも、年に一度は帰郷していた。帰郷すれば幼なじみと再会した。ふるさとの町が年月とともに変貌していくのを、二十年以上に渡って見続けてきた。故郷を離れたといっても毎年のように帰郷していた。

母が亡くなると、ふるさとは突然遠いものになった。ふるさとと私を繋いでいたのは、母であったかと、そのとき、しんとする思いでそのことを受け止めた。しかし、母の死でふるさとと切れたわけではない。ふるさとには、母の実家も父の実家もあり、それぞれの実家を従兄弟が当主となって受け継いでいる。幼なじみも何人かはふるさとで暮らしており、音信不通になっているわけではない。

一人っ子だった私は、母の実家の当主となった従兄弟とは幼いときには、真の兄弟のようにして育った。それに母の実家の墓地には、私を育ててくれた祖母が眠っている。母の遺骨は私の墓地に移したが祖母の墓はふるさとにある。

幼くして父に先立たれ、働きに出ていた母に代わって祖母に育てられた。当時、幼かった私は、祖母が明治十年生まれと聞いてもさしたる感慨はわかなかったが、今になると、西南戦争のあった年に祖母が生まれたのかと、いささかの感慨はある。

祖母は豪農の出であったらしいが、足軽の祖父に嫁いだのは、祖父は足軽の出でも、武士は武士ということで、維新で時代は変わり、百姓も武士と縁組みができる時代になったためである。祖母の実家は、嫁ぐ相手が足軽の貧乏武士だが、武士の家に嫁がせたという矜持《きょうじ》があったのかもしれない。それに、祖母の実家は領主に何らかの功績があったというので、百姓ながら名字帯刀を許された家柄だった。そんな家柄なら武士に嫁がせるほうが釣り合っていると考えたのかもしれない。

確かに母の実家には、足軽といえど、陣笠や槍、刀などが飾られていた。いつしかそれが見えなくなったのは、戦争で供出させられたためだと後年知らされた。

父の実家は父が早世したため、伯父、伯母が亡くなると、自然に足が遠のいてしまった。

私が帰郷のたびに寄るのは母の実家で、幼なじみの従兄弟のところである。

母の実家には、母亡き後も、何年かに一度、帰郷のときに立ち寄って泊まっていたが、従兄弟の子供たちが成長するに従い、何となく遠慮ができて、墓参りが終わると、従兄弟と一献酌み交わして退散するようになった。

私は十六歳で故郷を出て、以来異郷で暮らしてきたわけで、故郷で暮らした年月と比べると、異郷暮しの歳月ははるかに長い。

若いときは、東京の江東区、江戸川区、中野区、武蔵境と何度も住居を転々と変えたが、調布で結婚して二十年、神奈川県の相模原市に移り住んで三十年と、すっかり異郷暮しも板に付いた。

一年足らずで住居を転々とした若いときはともかく、人生の大半は調布や相模原で暮らしたことになる。娘は東京の調布で生まれた。二十年ほど前、本籍地も郷里の岩手から神奈川県の相模原市に移した。本籍地を移すとき「これで戸籍上は岩手と無縁になるな」と考えると一抹の淋しさを感じた。

人生の大半を調布と相模原で過ごしたのに、故郷《ふるさと》への望郷の思いはいまだに断ちがたく私の内部にくすぶっている。

故郷を離れた十年余りは、まさに何かにつけてふるさとが思い出された。それはまさに病気の発作に似たようなものであった。
同郷岩手の歌人、石川啄木には望郷の歌が数多く残されている。

病のごと
思郷のこころ湧く日なり
目にあおぞらの煙悲しも

やはらかに柳あおめる
北上の岸辺目に見ゆ
泣けとごとくに

ふるさとの訛なつかし
停車場の人ごみの中に
そを聴きにゆく

ふるさとの山に向ひて
言ふことなし
ふるさとの山はありがたきかな

啄木の場合、若くして離郷し、二十代で夭折《ようせつ》したのだから、ふるさとに並々ならぬ思いを抱いていたことは理解できる。私のように年老いても連綿《れんめん》として望郷にしがみついているのはいささか異常なのかもしれない。

境遇からいって、よいこと続きの少年時代とも思えないのだが、ふるさとに心引かれるというのは、思い出が一片の汚れもない美しい包装紙に包まれているためかもしれない。

石をもて追はるるごとく
ふるさとを出し悲しみ
消ゆる時なし

啄木はふるさとを冷たく追われても故郷を思い続けた。私の場合は、ふるさとに冷たくされた記憶がない。ふるさとの思い出はきらめきを放ったまま、私の中に息づいている。実際は色あせているはずなのに、いつも鮮やかな光を放っている。

いよいよ上京という日、ふるさとの丘の上に建つ中学校を訪れた。まるで少女小説のように、ひそかに慕っていたお下げ髪の少女と丘の中腹ですれちがった。

私は、立ち止まり、今夜、東京へ出かけることを少女に告げた。

「そうなの……お元気で」

さばさばした口調で少女は言うと、丘を駈け降りていった。少女小説のようなしんみりした別れにならなかったのが少し不満だったが、会えるとは思っていなかった少女に会えて運命的なものを感じた。

新幹線が開通する二十年以上も前の話で、私はその日、上野行きの夜汽車に乗った。

あれから六十数年、今でもふるさとの思い出の一駒は浮かび上がってくる。

調布で暮らした思い出も懐かしい。相模原で暮らした三十年間という月日も貴重な思い出となって私の内部に刻まれている。折にふれてそれらの思い出がよみがえることもある。それらの思い出も懐かしい。かけがえのない月日だった。しかし、ふるさとを恋うる気持ちとは少し違う気がする。

ふるさとを恋うる気持ちの中には、純粋無垢な感傷が漂っている。これは、ひょっとすると人生の闘いの記憶が混入していないためかもしれない。私の場合、望郷の思いは、闘いの人生が始まる直前の記憶ということなのである。

妻を語る

物書き生活四十年数年、臆面《おくめん》もなくいろいろなことを書き散らかしてきたが、まともに妻のことを語ったことがない。

その理由は、ひとえに私が夫らしい夫ではなかったからだ。妻にしてみれば、「少しでも夫らしいことをしてから妻呼ばわりしてちょうだい」ということなのだ。

八十歳を過ぎた今、特別に夫らしい夫になったわけではないが、今書かなければ永遠に妻のことを書く機会がなくなってしまうと思って重いペンを取った。

妻は私と結婚しなければもっと幸せな人生を歩めたのではないかと思うことがある。その思いはしばしば私の心のうちに湧きあがる。この感慨は私の正直な気持ちである。

私と結婚しなければというのは、仮定の話だが、冷静に考えてその仮定は当を得ているような気がする。

妻は実直なサラリーマンの父親に育てられた。妻は父親のようなサラリーマンと結婚して、平穏な人生を送るべきだったと、ふと考えることがある。

妻は冗談で「私はあなたにかどわかされて結婚した」と語ることがある。この言い方はあながち全てが冗談とも思えない。気持ちの上で、妻には騙されて結婚したという思いが幾分残っているに違いない。

私は最初から物書きとしてスタートしたわけではないが、心の中にいつかは物書きとして名を成し、ペン一本で生活しようと無謀な望みを持っていた。不逞《ふてい》な望みを胸に秘めている私は、真面目な勤め人ではなかった。文章で名を成したいのなら、心して文章の修行に取り組めばいいものを、内職の雑文書きに精を出し、少し余分な収入があると、紅灯の巷に流連荒亡《りゅうれんこうぼう》して家をかえりみなかったのだからいい気なものだった。

妻が私と結婚した理由の中に、万分の一の期待ながら、ひょっとするとこの人は文章家として大成するかもしれないという思いはあったかもしれない。しかし、その期待のことごとくを私は裏切ったのだ。ある時期から妻はその期待の空しいことを痛感した。それなら、平平凡凡たる亭主になってくれることで我慢しようと思ったはずだが、当の亭主は、デビューの望みを捨てているのに、売文の仕事は捨てようとしないのだから、妻としては不安でいっぱいだったに違いない。

私は、運がいいために、仕事がなくて心細いという思いはしたことがなかった。しかし、サラリーマンのように生活が安定しているわけではない。妻は教師を職業としていたが、子供を産むこともできずに職場に通っていた。

妻が子供を産もうと決心したのは、私の収入が安定したというより、それ以上長引くと高齢出産になってしまうからだ。妻が出産したのは三十一歳であった。今から、四十年くらい前は、出産休暇に理解がなかったのか、妻が勤めていた学校が私立の高校のためか、妻は教師を辞職して出産した。

それから数年後、子供がある程度成長してから、講師として元の学校に復職した。復職したのはやはり、私の収入が不安定だったためだ。

子供が産まれても、私の浪費、放蕩《ほうとう》は一向に改まらず、おそらく妻は人知れず苦労したのは当然である。離婚を考えたことも何度かあったに違いないが、そのたびに、私の身の上に何か深刻な事態があって、離婚して私を放り出すのに忍びなかったということがあった。あるいは、娘を父無し児にするのを躊躇《ちゅうちょ》したのかもしれない。

今の世代に育っていれば、妻の生き方も別なものになっていただろうが、妻は昭和十二年生まれで、明治生まれの両親に育てられ、離婚に対して現代では考えられないアレルギーがあったのだ。

結局、娘が成長し、離婚の条件がととのったときは、私に放蕩するエネルギーがなくなり、張り子の虎のように無気力となり、仕事はきちんとこなす律儀な文章職人に変貌していた。離婚を切り出すにしても、妻にしてみるとその手がかりがなかったのだ。放蕩時代の名残りを引きずっていたのは酒だが、自分の口で言うのもおこがましいが、私の酒癖はきわめて良質でだれにも迷惑をかけない。離婚の口実にはならない。

ただ、妻は私と結婚しないで、他のだれかと結婚してたら、理想的な幸せな生涯を送れたに違いないと、ときどき、割に深刻な思いで考えることがある。

若いとき、会社を辞めて物書きとして一歩踏み出したとき《自由業　妻泣く夜や　ボーナス日》という川柳に出くわして、背筋が少し寒々としたことを覚えている。

娘が高校に入った年あたりから、妻は講師の仕事も辞めて専業主婦になった。私の収入が安定したからではない。講師の契約が切れたのか、あるいは退職勧告を受けたのかもしれない。相変わらず、不安定な無名作家の収入の中でやり繰りし、家のローンを払い、家計を維持したのだから、妻は凄い腕の持ち主だと感心する。

妻の私との結婚生活のほとんどが金銭のやり繰りが中心の毎日であったはずだ。加えて夫の放蕩に対する怒りを胸にたぎらせて過ごした日々だった。

サラリーマンの実直な夫と結婚し、家庭第一主義の夫と暮らしたら、妻はどんなにか安穏な毎日で幸せだったに違いないと思うと、妻に対して身のすくむ思いがする。

私は、仕事がなくてあぶれたという思いは経験しなかったが、サラリーマンと比べたら収入が不安定なのは当然である。

その中で、預金や公的機関への積立、株式への投資をこつこつと行い、私の予想以上の老後資金を蓄えていたのには、感心を通り越して驚異だった。どんなにか腐心の日々だったろうと考えると、やはり私と結婚したのは間違いだったとしみじみと思うのである。

とても無理な老老介護

八十歳を過ぎてから、私は何度か入院した。入院してしまえば妻の手を離れるが、入院

するまでは、身の回りの世話で妻の手をわずらわせることになる。妻が私を看病すると
いっても、妻も八十歳に手が届く年である。足腰も弱ってきており、動作もおぼつかない。病気の自分を棚に上げて、妻はずいぶんよぼよぼしているなと思う。

考えてみると、時代が変わったとはいえ、私の祖母は七十五歳で亡くなったが、亡くなる二、三年前から寝たきりであった。その祖母より現在の妻の年のほうがはるかに上なのだから、よぼよぼなのは当然といえば当然なのである。

そんな妻を見ていると、物を頼むのが気の毒になってくる。少しのことなら妻に頼むのが気が引けて我慢してしまう。

私たち夫婦は、老人ホームに入っているので、大方のことは職員が世話をしてくれる。もし、これが老人の二人住まいということになると、どちらかが倒れると、倒れていない一方が、老いの身に鞭打って介護をしなければならない。

私は、妻に介護をしてもらうのがつらかった。よぼよぼしている妻にあれを持ってきてくれとか、このようにしてほしいなどとはとても頼めなかった。妻に頼んだのは最低限のことだった。しかし、妻はそのようには思っていないはずだ。病人だから仕方がないが、何て我儘《わがまま》で人使いの荒い人だろうと考えているはずである。

妻が病気になったとき私が看病したことがある。妻は、私の看病に不満だらけである。何て気の利かない人だと思い、かつ何もできない人だと思ったはずだ。私としては精一杯やったつもりでも、妻としては不満なのである。何しろ、結婚以来、家事らしきことはしたことがないのだから、手順も手際も悪いのは当然である。

結婚する前は私も自炊生活だったが、朝食は、三百六十五日、さんまの開きを焼いて、他には郷里の母が送ってくれた金婚漬けという味噌漬を食卓に並べるだけだから、これが炊事といえるのかどうかわからない。昼夜は外食で、夜は金がないのに毎晩のように安酒場で焼酎びたりだった。

若いとき朝食に味噌汁を作った記憶はある。娘が高校生のころ、妻が一週間ばかり入院したときに私が味噌汁を作った。何十年目かの炊事である。「お母さんの味噌汁より美味しいわ」と娘は賞賛したが、この賞賛は、自分が味噌汁を作りたくない娘の深謀遠慮《しんぼうえんりょ》だったかもしれない。余談はともかく、私のように家事の不得手《ふえて》な男は実際には少ないのだろうが、老人になると男手で老妻を介護するとなると、これは大変なことだと思う。家事に練達した人でも、老いた配偶者の看病は労力的に無理である。実際に男手、女手に関わりなく、老人が老人を介護するとなるとこれは大変なことである。本人は一生懸命のつもりでも、介護を受ける側は不満だらけなのである。

介護する側が若くて元気なら問題は少ない。しかし、介護する側も老骨ということになると、悲劇的というしかない。自分の身を扱うのさえ思うようにならない老人が、もう一人の老人の世話をするというのだから、考えるだけで悲劇である。現実問題として老老介護は最初から無理なのである。仮に歩けるとしても、よたよたである。個人差もあるだろうが、老人が、軽快に颯爽《さっそう》と歩くなどということは考えられない。何とか人の手を借りずに身の回りの始末はできるとしても、やることなすことがスローモーで、傍《はた》から見れば、歯がゆいくらい不完全である。そんな身の上で他人の世話をするというのはどう考えても間違っている。

老老介護というのは、言葉だけのことで、現実にはありえないのだ。全ての夫婦が年が離れているとはかぎらない。仮に離れていたとしても、年上の配偶者が先に倒れるとはかぎらない。四つ五つの年の差は、離れたうちに入らない。個人の体調の差や持病の有無によっては、五つくらいの年の差なら、まぎれもなく老老介護になってしまう。実際に、八十歳の夫が七十五歳の妻の介護に骨身を削るということだってありうるのだ。加えて、介護する側が倒れれば、まさに共倒れということになる。

老老介護は、いつの場合も共倒れの危険をはらんでいる。共倒れでは、相手の介護をするわけにはいかない。お互いに介護される身が二人倒れているのである。想像するだけで悲惨な光景である。老老介護の共倒れは、看取《みと》る人のいない孤独死と同じ程度に老人の不安な末路である。

老後を癒す趣味

老人になっても続けられる趣味というのは、よくよく考えてみると意外に少ないものである。例えば「読書」などはボケ防止になるし、知識も豊富になるし、体力を使うわけではないので、老人の趣味としては最適のように思うかもしれないが、目が弱くなっており、細かい活字を追うのはとても難儀になってくる。

私などは仕事の関係で、活字に無縁になるというわけにはいかないのだが、年々頁《ページ》をめくるのがつらくなってきた。とても趣味で楽しむという感じではない。

元気な間はゴルフ、ハイキング、旅行など、アウトドアの趣味を楽しむのはいいかもしれないが、体に不安ができてくるとそれもできなくなる。私の場合、八十歳までは仕事の打合せで、月に一度くらい、静岡の伊豆高原から東京まで出かけていたのだが、八十一歳の夏に旅先で倒れてから、それからというもの一人旅は怖くなった。

旅に出るなら、付添いのアルバイト学生にサポートしてもらわなければ不安である。もちろん個人差もあり、八十代で外国旅行など難なくこなしている人もいる。もし体が動くなら旅行などは老後の趣味としては理想的である。

私は今、老人ホームの中で週に一度麻雀を楽しんでいる。若いときの多額な賭け麻雀は精神的にも肉体的にも、とても自信はないし、第一、博打が趣味というのは可笑しな話だ。老人ホームの週に一度の麻雀は一銭の賭け金もなく、純粋にゲームとしての麻雀である。最初は賭けない麻雀に私は興味が半減したが、慣れてくると、純粋にゲームとしての楽しさが芽生えてくる。

老人ホームでは、麻雀は最高齢九十六歳の人ともお手合わせした。今の常連も私と同年輩か、私より一つ二つ年上の人である。麻雀は幾つになっても、メンバーさえ揃えばできるし、徹夜麻雀ということでもなければ、体にもそれほど悪影響はない。一応、頭も使うし、脳のトレーニングにはなるだろうと思う。

その他に私は俳句の世話役をしている。私には、俳句に関する拙著が二冊ほどあるが、特別に俳句のベテランというわけではない。職業が物書きで、言葉をいじる遊びならまんざら無関係でもあるまいということで、句会の世話役を引き受けている。

拙著の一冊が「ボケ除け俳句」の入門書であるが、私は、俳句は頭の体操としては最適であるという考え方を持っている。

俳句は季節を表す「季語」を取り入れて五・七・五でいかに一つの世界を表現するかという文芸である。

季語が仮に「桜」なら、桜の季語を取り入れて五・七・五で一つの世界をつくり、どのように詠《うた》いあげるかということである。

言葉や文章にアレルギーのある人は、「とてもとても、私にはできません」としり込みをするが、頭の体操としての俳句なら、自分なりに「桜」を詠えばいいのである。

「ボケ除け俳句」の拙著で紹介した桜の俳句を掲載してみる。

さまざまの事思ひ出す桜かな　　芭蕉
我病んで桜に思ふこと多し　　子規
夕桜家ある人はとくかへる　　一茶

以上は俳句界の巨匠の「桜」を詠った俳句である。

これに対して拙著ではボケ除け俳句としての拙句も掲載している。

さくらさくら降りやまぬさくらソロピアノ　国春
鐘の音絶えて墓園に散る桜　国春

実際、趣味の俳句といっても上を見ればきりがない。才能があり、かつ練達の人もいる。しかし、その人たちと張り合うことはない。こちらは、趣味の俳句作りなのだから、楽しみながら作ればいいのである。趣味だから楽しみがなければならないが、文芸的に質の高いものを作る喜びとは別に、自分なりの俳句の形を模索する楽しみである。

詩や小説の場合、ときに感性の若さが必要という場合があるが、俳句は感性の瑞々《みずみず》しさよりも言葉に対する円熟味が重視される。老齢になっても言葉に対する興味が失われないかぎり、俳句作りは可能である。

車椅子でも、寝たきりでも俳句は作ろうと思えば作れる。高齢者の趣味としては俳句は最適だと思うのだが、どういうわけか年寄りの取りつきがよくない。

また、私が関わっている趣味のグループにカラオケがある。文字通り、カラオケに合わせて歌をうたうわけである。これは、多少の体力がいるから、いつまで続くかわからない。私の知人で九十三歳までうたった人がいる。私はとても、九十三歳まで生きられないだろうが、寝込むまでは歌い続けようと思っている。

朝夕にお経を読む僧侶に長寿の人が多い。医学的な因果関係はわからないが、声を出してうたうことは健康にいい気がする。

入院したとき、熱が下がってからベッドに横たわりながら歌をうたった。次々に思い浮かぶままに何十曲もうたった。顔を出した看護師さんに「お上手ですね」とお世辞を言われた。聞かれていたのかと思ったら、顔が赤らむ思いがしたが、歌うことで病床の無聊《ぶりょう》が慰められたし、精神衛生上は非常によかったのではないかと考えている。隣室の入院患者には聞こえなかったのか、「うるさい」と苦情を言われたということはなかった。

老人の趣味としてはふさわしく、かつ格調が高い気がするが、将棋や碁も趣味としては最適なものだろう。私個人としては、仕事に追われた半生だったので、将棋や碁をじっくりと楽しんだという記憶はない。

将棋は旅先で同行のカメラマンや同僚記者と何度か手合わせをしたことがあるが、碁は中途半端なところで中断したままになってしまった。

趣味というのは追求すれば何でも奥が深いと思うのだが、とくにのめりこんで、とどまるところを知らないのが、碁の世界かもしれない。

友人の一人に不遇の人生を送った男がいる。晩年はことのほか淋しかったのではないかと気にかけていた。会いたいと思いつつ、会えないままに、その友人は他界してしまった。後日、死亡通知をもらって、彼の死を知った。

気にかけていたので奥さんに電話をした。それとなく晩年の様子を訊いた。

「この十年ぐらい、碁にのめり込んでいましたから、充実した晩年だったと思います。亡くなる直前まで行きつけの碁会所に行っていましたから……」

趣味の碁を死の直前まで楽しんでいて、充実した晩年だったというのだ。彼にとって碁が晩年の生きがいだったことを私は喜んだ。晩年の一時期、老人の生きがいとなるような趣味なら悪くないなと思った。

老人の趣味には、書画などもあるし、女性なら手芸の趣味もいいかもしれない。趣味に生きたためにひとりの人間の晩年が充実していたというのなら、それは素晴らしいことで老人にとってふさわしい趣味といえるだろう。

昭和演歌と人生

私が生まれ育ったのは、岩手県江刺郡岩谷堂町である。江刺郡は、後に江刺市となり、現在は隣接する水沢市と合併して奥州市と地名が変わった。

江刺市の中心は岩谷堂という町で、町は山に囲まれた盆地である。私の生まれたころは町は近郷近在の農夫を相手にした小さな商業都市であった。

江刺郡が江刺市となり、東北新幹線が開通したが、それまで「日本で鉄道の駅がない市」としてテレビのクイズ番組に出題されたりした。新幹線が開通してやっと江刺市に「水沢江刺」という駅ができた。水沢市と江刺市の名前を二つ合わせた駅名である。

岩谷堂という町は歴史のある町で、小さな町ながら、老舗の商店が軒を連ねている。この町を縦断して人首川《ひとかべがわ》が流れている。私は少年時代、この川で釣りをしたり泳いだりした。小さな町を囲むように田園地帯が広がっている。

私が少年時代を過ごした家は、人首川のほとりにあり、川の対岸には南座という芝居小屋があった。その芝居小屋には旅役者が回ってきて何日間か興行が行われた。

芝居がかかると、芝居小屋からは客寄せのレコードが流された。対岸の芝居小屋から流れてくるレコードは、古い演歌や、流行歌である。南座という芝居小屋から、客寄せのレコードが流れたのは、おそらく私の物心ついた頃からのことだと思うが、芝居小屋から流される流行歌を聞いて私は成長したことになる。

戦前か戦後かの記憶は定かではないのだが、自分の年齢を考えてみると、戦前だと思う。時局柄、芝居のような娯楽は規制されていたかもしれないが、芝居小屋から軍歌が流れていたという記憶はない。私の遠い内部に刻まれているのは軍歌ではなく、もっぱら演歌である。

戦後になると、美空ひばりがデビューしてからは、対岸から流れてくるのはひばりの歌が大半をしめていた。いずれにしても物心ついてから、私は、川向こうの芝居小屋から流れてくる演歌の洗礼を受けていたわけである。幼くしていつの間にか演歌通になるのは当然といえば当然のことだった。門前の小僧習わぬ経を読むの譬《たと》えではないが、私は子供のくせに演歌の大ファンとなっていた。ちなみに、ひばりは私より二つ年下である。

門前の小僧のように、演歌が骨身にしみこんでいるのだから、やがて、知らず知らずのうちに私は演歌中毒になっていた。そしてその中毒ゆえに、演歌からなかなか抜けだすことはできなかったのである。友人の一人にバッハ以外は音楽と認めないという男がいて、私の演歌好きを、まるで阿片《あへん》中毒者を見るような目付きで見て、「おまえは演歌に毒されているかぎり、いい小説は書けないだろうな」と蔑《さげす》むように笑った。そのためか、いまだにいい小説は書けないでいる。

しかし、よく考えてみると、クラシックが本物で、ジャズやシャンソンやタンゴがハイカラで、ポップスは新しい音楽であり、演歌は低俗だという世間の評価は如何《いかが》なものだろうかと思う。

演歌がじんわりと心にしみこむのは、私のような演歌中毒者だけとは思えないのだが、「どんな歌が好きですか」と訊かれて、「白い花の咲く頃」「別れの一本杉」「柿の木坂の家」「夜霧よ今夜も有り難う」……などとは、答えにくい雰囲気が社会の中にはある。訊かれて、まともに答えているうちに、相手の口もとの辺りに何ともいえない笑いがこぼれるのである。あからさまな軽蔑ではないが、こちらとしては気になる笑みである。

「なるほど無名の三文作家らしい好みだ……」と相手が憫笑《びんしょう》しているのではないかとひがんでしまうのだ。いかにもうだつの上がらない低俗作家の好みだという蔑視《べっし》を相手の視線の中から感じてしまうのだ。

「白い花の咲く頃」は私が中学三年の頃に流行した歌だが、私がふるさとを離れたころの惜別《せきべつ》の情と重ね合わせて、この歌を口ずさむと、感傷の想いがあふれてくる。「別れの一本杉」も私がふるさとを出た直後に流行した歌で、恋人を残して離郷する悲しみをうたった歌である。上京して間もない私は、この歌が街角を流れると、立ち止まって耳を傾けた。それはあたかも、演歌中毒の患者が麻薬を吸入しているように、悲しみが全身を包む感じであった。「柿木坂の家」「夜霧よ今夜も有り難う」も、それから数年後にヒットした。私はもっともっと古い演歌にも心が動かされる。

ちなみに私の好きな演歌五十選を披露してみよう。流行年代は順不同である。


「別れのブルース」「港が見える丘」「緑の地平線」「名月赤城山」「雨のオランダ坂」「影を慕いて」「帰り船」「旅の夜風」「夜霧のブルース」「雨の酒場で」「赤と黒のブルース」「カスバの女」「異国の丘」「白い花の咲く頃」「次男坊鴉」「俺は待ってるぜ」「錆びたナイフ」「悲しき口笛」「男の友情」「北帰行」「北上夜曲」「誰か故郷を想わざる」「悲しき口笛」「越後獅子の唄」「波止場だよお父っあん」「みだれ髪」「悲しい酒」「好きだった」「柿の木坂の家」

「ある雨の午後」「さざんかの宿」「目ン無い千鳥」「小指の想い出」「思い出さん今日は」「東京だよお母さん」「哀愁の落葉松林」「夜叉海峡」「風の盆恋歌」「長良川艶歌」「幸せさがして」「熱海の夜」「おんなの宿」「女人高野」「恋ものがたり」「女の波止場」「思いで酒」「他人酒」「君は心の妻だから」「別れても」「霧にむせぶ夜」「夜桜」

以上、私の好きな演歌五十選である。選び方は完全とはいえない。ランダムに書き出してみたのだが、とても五十選では収まりきれない。これ以外にも好きな歌がたくさんある。五十選からはずす場合、どっちをはずすかでずいぶん迷った。本当に自分の胸に訊いてみたら、あるいははずしてしまった歌のほうが好きだったかもしれない。

演歌ではないがジャズやシャンソン、タンゴ、童謡、民謡にもいくつも好きな歌がある。実際は、百選だともっと好きな歌が網羅《もうら》できるのだが、私の好きな歌を羅列紹介してみても、読者諸兄姉には興味のある話とも思えない。

演歌にも、演歌を超越した格調の高い歌もある。演歌を超越した歌というのも変な言い方だが、詞も曲も新しい発想で作られた歌謡曲ということだ。すなわち従来の演歌からはみ出した歌ということだ。

しかし考えてみると、演歌がジャズやタンゴやシャンソンより格下だと思われている風潮に納得しがたいものがある。この評価は、純文学が高尚で大衆文学が格下と考えている世間的な考え方に似ている気がする。

偉大な大衆作家、山本周五郎が、「小説には高級、低級の小説があるのではなく、面白い小説か面白くない小説があるだけだ」というような意味のことを語っている。演歌と小説を同じ土俵で論じようとは思わないが、演歌の蔑視には反論したい気持ちがある。

演歌の作曲家、船村徹氏が文化勲章を受章した。演歌が日本文化の一翼を担っているということが国家的に認められたからだろうか？　ちなみに、船村徹氏は私より三歳ばかり年長である。受章理由はともかく、美空ひばりが二歳年下、船村氏が三つ上ということになると、演歌中毒の私が怪しい愉悦《ゆえつ》から逃れることができなかった理由が、何となくご理解いただけるのではないだろうか。

私が東北の田舎町から都会へ出てきて間もなく、船村氏作曲の「別れの一本杉」が大ヒットした。船村メロディーはホームシックの少年の心に、切なさ、やるせなさ、初恋への慕情、苦しいまでの望郷の想いを刻みつけた。以後、私の演歌中毒はますます進行し、癒えることなく老残を迎えたのである。

老人ホームは進化している

新しい生き方

私は現在、老人ホームの住人である。七十七歳の夏、妻と入居した。正直な気持ちとしては、私は当時、現役の物書きで、仕事を抱えていたので、老人ホームに入るのは二、三年遅らせたいと考えていた。

ところが、妻の腰痛が悪化して、家事、炊事が困難になり、老人ホームへの入居が早まったのである。この間のいきさつは、拙著「老人ホームの暮らし３６５日」（展望社刊）に詳しく綴《つづ》ったので割愛する。

雑誌記者だった若いころ、老人ホームを取材して何度か記事にした。だから老人ホームについては、まるっきり無知で入居したわけではない。しかし記事を書いたのは四十年くらい前で、そのときの知識は私の入居に際してはあまり役には立たなかった。

老人ホームも時代の進歩に合わせて確実に進化していたのである。進化の度合いは私の想像をはるかに越えていた。

私がいよいよ老人ホームに入る決心したとき、周囲の反応はさまざまだったが、ほとんどの人は、現役社会からの離脱と考えていた。

「いよいよですか。まだ働けるのに惜しいですね」

仕事でつながっている人たちの何人かは、そんな言葉をかけてくれた。中には、「まあ、今までさんざん働いたのですから、これからゆっくりのんびり暮らすことですね」と慰めの言葉をかけてくれた人もいた。どちらの言葉にしろ、私が第一線を去っていくという前提の言葉である。

その言葉もあながち間違っているとはいえない。老人ホームは終活の第一歩であるのは改めて言うまでもない。何しろ、老人ホームに入居するということは、死を見据えた住み替えだからである。

しかし、死を見据えての住み替えでも、中には老人ホームで第二の人生を構築しようという新しいタイプの入居者もいる。私が昔、取材したころの老人ホームにはそのようなタイプの入居者は少なかった。

年々、元気な高齢者が多くなって、そのために老人ホームでの暮らし方が変わってきているのだ。単なる老いの住みかというより、第二の人生を生きる場所という考え方に変わりつつあるのだ。

私の入居している老人ホームは、入居資格が六十五歳よりとなっているが、その若さで入居する人には、確かに老人ホームは、第二の人生の第一歩ということかもしれない。

生産社会であるあちら社会に住むかぎり、つながっている人間関係、社会の習慣、しきたりなど、多くのしがらみは、そう簡単に切れるものではない。第一、本人の意識が、長年住み続けた環境の中にとどまる限り、やすやすとは変わるはずがない。確かに、近所付きあい、町内会など……、連綿《れんめん》と続いてきた生活のスタイルが意識一つで簡単に変わるものではない。そのしがらみや生活スタイルを百八十度変えるつもりで、老人ホームに入るという考え方もある。

確かに固く結ばれた人間関係を切るのはしのびないが、別に二度と会えなくなるわけではなく、その気になれば何時だって会える。新しい形を作るために生産社会と決別するということだ。

人間関係にも区切りは必要だ。これはその区切りの一つというわけだ。私は、仕事を引きずっていたので、老人ホームで第二の人生を歩むというわけにはいかなかったが、生産社会でのビジネスを完全に辞めた人にとって、老人ホームで第二の人生を構築することは、新しい一つの生き方かもしれない。その夢を描いて生産社会と決別するのは、これからの高齢化社会の新しいタイプの生き方である。

老人ホーム入居の現実

第二の人生を歩むという老人ホームの新しい役割ということを抜きにして考えれば、老人ホームに入居する一番大きな目的は、死に場所の確保である。私の場合は少なくともそのことが一番大きかった。

人間、どこにも死に場所がありそうだが、いざとなると、そう簡単な話でもない。なぜなら老いていくということは、一歩一歩終末へ近づいて行くということでもある。死への準備期間として幾ばくかの時間が必要である。その時間をつむぐために適した環境としての老人ホームという考え方である。

体が動かなくなって、何もかも他人の手を借りなければ生活ができなくなってからの入居は、死へ至る準備期間というより、死を目前にした入居である。

死が間近になってから入居するより、老いの坂をゆっくり登りながら死へ近づいていくことが、終末の理想の姿のように思える。

元気なうちに入居して、年を重ね、死へ至る準備期間を過ごして、やがて死と向かい合うというのは終末の生き方として理想的に思える。

年をとると精神の劣化はもとより、肉体的な劣化にも日々に直面することになる。病気知らずだった人も、すぐに風邪を引いたり、体調を崩したりする。生産社会にいると、そのたびに人手をわずらわせることになる。

老人ホームに入居して以来、私は何度か大病にかかり入院をした。そのたびに老人ホームの職員が、食事の世話、着替えの世話、入退院の送り迎えをしてくれた。あちら社会にいれば妻は右往左往し、自分の身が思うようにならない体で、何かと私の世話をしなければならなかったろう。「ああ、入居していてよかった……」と、病気になったときにしみじみ思ったものである。

私は、四年前、脳内出血を体験した。昼の食事中、箸を持つ手に力が入らなくなった。「遅くまで原稿を書いていて寝不足かな?」と考え、酒でも飲んでひと眠りすれば治るかもしれないと考えた。

一瞬、「脳梗塞かな?」という思いも意識のへりをかすめたが、私の先輩、知人たちの周囲の脳梗塞はみんな意識を失って発病していた。私の場合は、何となく腕に力が入らなくなったという程度で、意識はしっかりとしていた。ただ、何となく体がぐらぐらした。それを見ていた職員は、様子がおかしいと言って、すぐに診療所に行くように車椅子を運んできた。

診療所で医師は、脳卒中の疑いがあるとしてただちに総合病院に私を送った。私は脳出血と判断されてすぐに入院し、治療を受けた。治療がスピーディだったので、ほとんど後遺症は残らなかった。運動機能もほぼ完璧に回復した。

これが、あちら社会であったらどうだったろうと考えると少し背筋が寒くなる。おそらく、治療のタイミングが遅くなって半身が不自由になっていたのではないかと想像する。これなども、老人ホームへ入居していたための幸運だったと思う。

老いていく身には実際に何が起きるかわからない。そんな老いの身には見守りが必要である。老人ホームの住民として感じるのは見守られている安心である。やがて終末に至る身であればこそ、見守られている安心が何よりも必要であり、かつ大切なのである。

第五章　死に方いろいろ

気になる死亡記事の死亡年齢

まだ三十代のころ、高齢の実業家にインタビューをしたことがある。インタビューが終わって雑談しているとき、何気なく老実業家は「この頃新聞の死亡記事が気になってね……」とぽつりと言った。そのとき、私は何の感慨もなくその言葉を聞き流した。ところが、数年前、ある日突然、その老実業家の言葉が思い出されたのである。何の感慨もなく聞き流していたのなら、何十年も経って突然思い出すということはないと思う。意識しないで心のどこかにその言葉を刻みつけていたのかもしれない。

確かに、私も自分の死を意識するようになってから、他人の死亡記事が気になり出したのである。

記事の何が気になるかといって、やはり死んだ人の年齢である。自分より年上の人の死亡記事の場合は、《自分もこのくらい生きられるだろうか？》とか、《この年まではとても自分は生きられないだろうな……？》などと考える。

記事が自分よりやや若い人の死を告げるものだと《まだ若いのに……》とか、《この人よりは自分は長く生きた……。私もいつ死んでもおかしくない年だな》などと思う。

記事の中には、若すぎる死を知らせるものもある。五十代、六十代の死は早すぎる。そんなとき《自分はこの人よりははるかに長い年月を生きた。私はいつ死んでも早すぎることはないな》と思ったりする。

私の親しくしていた人の死は、高齢者に限っていえば、ほとんどが八十代の半ばである。八十代の半ばで亡くなる人は、脳梗塞体験者やガンの体験者が多い。どこかに不調を抱えているので、ややもすると音信は途絶えがちになる。ある日、突然、遺族から訃報が届けられる。病気の再発や急変によって、あれよと思う間もなく亡くなるのである。

中には、知人で驚くほどの長命者もいる。九十歳以上まで生きた人である。このような長命者は、知人の中の割合からいったら少数であるが、いることはいる。

病気のような場合は別として、老人の死亡の時期は、事前には全く予想がつかない。ストレスや食生活、薬物依存やアルコールなどで、死亡の年齢は左右されるとは思うのだが、それも確かなことはわからない。

私は、若いときは、酒と煙草と夜更かしで、そんなに長生きはできないだろうと思っていたが、案に相違して八十歳の大台を越えた。八十歳を目前にして、初めて長期入院するなど、健康上、いささか迷走はしたが、とにかく八十歳の坂へ無事にたどり着いた。これからさらに老いの坂を登るのである。今、私は今まで全く考えていなかった長生きを生きていることになる。

正直な気持ちとしては、後、何年生きられるかは予測しがたい。後、五年はいけそうな気もするが、案外二、三年かもしれないとも思う。それにしても九十歳はとても無理だと思う。このような、死亡の時期に関する予感の根拠は論理的なものではない。言うなれば動物的な勘である。しかし、案外この勘は当たっているような気がする。このところ、仕事も長期に渡るものはお断りしている。いつ死んでも相手に迷惑をかけないように、仕事でバトンタッチできるものは若い人にバトンを渡している。

死亡の年齢はまったく予想しがたいが、確実に年齢とともに生命の火は細くなりつつあることは実感している。八十歳の坂にさしかかったら、いつ死んでもいいように、準備をしておかなければならないと考えている。《自分が突然死んだら困るものは何か》などと考えつつ、他人様の死亡記事にわが身の死を重ねて目を通しているのである。

死に別れた人々

人の世は無常である。私が馬齢《ばれい》を重ねているのもこの世の掟であるように、先人が逝去するのも定めである。この世の定めにしたがって、私は多くの人たちと死に別れて今に至っている。

身近な肉親としては父母であり、祖父母であり、伯父や叔父、伯母や叔母たちである。私の血縁ではないが、妻の両親、きょうだいとも死に別れている。年齢の老若の不条理はあるが、多くはこの世の定めによる死に別れである。

生きとし生けるもの、いずれはこの世から消滅するという自然の定めを背負っている。その掟は無情であり無常である。私が死に別れた人たちもその掟にしたがってこの世から消えていったのである。

私は戦場に行ったことがないが、兵士の死は自然の掟に逆らった死に方である。枯れ木になって土に帰るのは自然の定めだが、瑞々しい若木の間に伐採されるのは摂理に逆らった死に方である。自殺も事故死も自然の摂理に逆らっている。

病死は戦死や事故死とは違うが、病もまた、多くの場合、人間にとって逆らうことのできない運命のような気がする。

私の死に別れた人々の多くが病死である。体験してみると、やはり、病死は枯れ木になって朽ちるのと同じような自然の定めのような気がする。

医学が進歩し、人為によって自然の定めを少しは左右できるようになったが、根本のところではやはり死は自然の定めである。進歩した医学でも定めの死には無力であるというより、科学の力によっても自然の摂理は変えられないのだ。

よく言われることだが、うぶ声をあげたときから、確実に死に向かって時間が流れて行くのである。生きるということは死に向かって歩むということである。命あるものの宿命というべきである。それなのに死は突然やって来るという思いにかられることがある。

私が三十代の終わりのころ、深夜まで酒を呑んだ相手がいた。別れたのはまだ空が明けきっていないという時間帯であった。私たちは別々のタクシーで帰宅した。

別れた後、仕事のことで言い忘れたことがあって、翌日、昼近くに電話を入れた。電話口に出た奥さまが、彼は明け方に亡くなったと私に告げた。明け方というなら、帰宅して間もなくの死だったはずだ。もし、私と酒を呑まなかったら死ななかったのでは？と、ふと思った。そのとき、死とは突然やってくるものだという思いが強く心に残った。

前日、仕事の打合せで会った人が、翌日約束した時間に、待ち合わせの場所に現れなかった。自宅をはじめ、関係先に連絡をしても連絡がつかなかった。律儀な人で、待ち合わせに遅れるようなことは過去に一度もなかった。ましてや待ち合わせを無断ですっぽかすような人ではない。不思議に思いつつ一時間ほど待って、私は待ち合わせ場所の喫茶店を出た。

その夜、彼の母上から電話があり、昼間、心臓発作で病院に担ぎ込まれ、急死したのだという。母上の話によれば、私が待っていた時間帯に、彼は病院のベッドの上にいたのだ。それにしても、昨日あんなに元気な姿で別れたのに、翌日はこの世にいないという現実は、私に名状しがたい虚しい気持ちを刻んだ。

このような思いがけない死に遭遇したのは他にもいくつかある。二人ですき焼きを食べて、カラオケで歌ったのに、一週間後にのどに痰《たん》を詰まらせて死んだという人もいた。大きなすき焼きの肉をのどを鳴らして食べていた人が、痰で窒息死したというのだから信じられない思いだった。

それほどの急死ではなくとも、前の年の忘年会で一緒に酒を呑んだ人が六か月後の夏には亡くなっていたというようなことはある。

病気療養中の人というのは、突然容体が急変する場合がある。特にガンは容体が急変することが多い。私が体験した例では、電話でしっかりと会話を交わしたのに、その夜に亡くなったという場合がある。他にも、私はガンの人が突然容体が急変して亡くなった例は何例か体験している。

その人はガンで入院していた。仕事のことで病院から電話がかかってきた。元気に会話を交わしたので、私はそんなに早く亡くなるとは思っていない。この調子なら亡くなるのはまだまだ先のことだと勝手に憶測していた。それがこちらの思惑と違って、私と電話で長話をした夜、急に亡くなったのだ。そんな例を何回か体験すると、案外人間というのはもろいものだと思ってしまう。

やり手の事業家がいた。複数の会社を経営していた。彼はバブルのとき、土地を転がして大儲けをした。ある日私は、その事業家のところを訪ねたことがある。

社長室に通されたが、彼は電話で話し中だった。どうやら土地の売買の話のようだった。長い電話が終わって応接ソファに戻ってきた。

「いや、失敬。待たせましたね。三日で七千万円ほど儲けましたよ」と彼は上機嫌で言って、大きな口をあけて笑った。

彼の話によると、一昨日八千万円で買った土地が、今、一億五千万円で売れたのだという。一度もその土地を見に行かないまま、書類の上での転売で数日で七千万円も儲かったのだという。羨ましいと思うより、嫌な話だなと思った。商品を見もしないで、たったふた晩で、書類を書き換えるだけで七千万円も儲かるなんて、やはりバブルというのは異常な世界だと私は思った。

それから一年もしないで、バブルがはじけた。その人は一夜にして三十億円の借金を背負ったのだという。

その後会ったときも特別暗い顔もしていなかった。事業家というのは強靭な精神を持っているものだと感心した。会った日に酒を酌み交わした。

酔いが深まったとき、彼は変なことを言い出した。

「あなたは青酸カリは手に入りませんかね？」

「そんな物騒なもの何に使うんです？」と私は訊いた。

「自殺ですよ」と彼は笑った。

私も笑った。彼は相当に酔っているなと思った。彼の言葉は単なる酔いにまかせての冗談話だと私は受け止めた。

その夜、私たちは何事もなく別れた。

それから、二か月ほどして突然その事業家から電話がかかってきた。何気ない時候の挨拶の電話だった。彼は、徹底した合理主義者で、単なる時候の挨拶などで電話をかけてくるような男ではない。私はその辺が少しおかしいと思った。

彼の自殺が知らされたのはその翌日だった。青酸カリの服毒死だった。彼の電話はそれとない別れの電話だったのだ。

彼は、バブルがはじけた瞬間から自殺を決行しようと考え、ひそかに後始末をしていたのだ。死ぬ手段をいろいろと考え、彼なりに青酸カリが一番いいと考え、入手をしようとそちこちに手を回していたらしい。雑誌の記者の経験がある私には、あるいは青酸カリの入手に接点があるかもしれないと考えて、あの夜、酒飲み話の中で打診したのかもしれない。冷静に、自殺を粛々と実行した男として私の記憶の中に残っている。莫大な借金も彼は墓場に背負っていったのである。彼の残した複数の会社は、それぞれの後継者によって今でも継続している。

人生八十年も生きると、知人に自殺者も何人かいる。自然の摂理に逆らっての自決であるから痛ましい思いがする。生きるのに疲れ、全てのことに絶望しての死は残された者に切なく苦しい思いを残す。死はなるべく人生の定めにしたがって受け入れるべきだと思う。

当然のことながら、私にとって死に別れた人の中で母の死は、強い記憶として植えつけられている。父が早世し、母一人子一人の家庭であり、私は祖母に育てられた。それだけに母に対する思いは人並み以上に強い。それなのに私は大変な親不孝者であった。

母は、私が放蕩し、身持ちの定かではないころに死んだ。親孝行もせず、失意や悲しみを母に与えているさなかの急死であった。

一年の大半は、母は岩手の自宅で暮らしていたが、十一月ころから、翌年の四月ころまでは、都会に住む私のところで冬を越すのが習慣になっていた。母が倒れたのは十二月で、ちょうど私のところに来ているときだった。それがせめてもの私の救いだったが、母をよく知る岩手の隣人の中には、息子のところに行かなければもう少し長生きしたのではないかと、私を非難する人もいた。その非難も半分は当たっているわけで、私のところに来ることで、幾ばくかのストレスにはなっていたかもしれない。

そのころ私は東京郊外の調布市に住んでいた。決して空気の悪いところではなかったが、岩手の自宅よりは環境もいささかは劣っていたということもあったかもしれない。急死といったが、母は死ぬ一週間前に一時的に意識を失っている。病院から電話を受けて、緊急の場合の連絡先を訊かれた。そのとき、私は母の容体は案外悪いのかもしれないと不吉な感じを受けた。それまでうかつにも風邪をこじらして大事をとって入院しているものとばかり考えていた。

母は、若いとき結核の胸郭整形で片肺はほとんど機能していなかった。胸郭整形は、結核菌で冒された肺を切除する手術である。母は肋骨の何本かが無く、少し体が歪んでいた。一般の人に比べるとハンディが大きいのである。母は身体障害者の手帳を持っていた。

病院からの連絡で、それまで週に一回程度だった見舞いを三日に一回にした。ある日、仕事先から病院を訪ねた日、母は私に何気ない口調で言った。

「私は、幸せな一生だったと思うわ。おまえにはずいぶん心配をかけられたが、それも私の生きがいだったかもね……」母は笑った。

その翌日、母の容体は急変した。その日、仕事の関係者と酒を呑むことになっていたのに突然キャンセルされた。急に時間が空いたので、母に会いたくなり、病院に行くと、母のベッドの側で、妻と娘が盛んに母に呼びかけていた。母はそれまで、呼びかけに返事をしていたらしいが、私が来たことを確認するや急に意識を失った。

当時、携帯電話のない時代で、母の容態の急変を私に知らせようと、妻は心当たりに連絡したらしいが、私とついに連絡が取れなかったのだという。当てにしていなかった私が不意に病室に現れたので驚いたらしい。

呑み会のキャンセルのおかげで私は母の死に目に会えた。前日の見舞いのとき母の口から「幸せな生涯だった」と聞かされていたので、母亡き後、私には大きな救いとなった。もし、母のその言葉を聞いていなければ、生涯、私は母への不幸の苦しみを背負い続けていかなければならなかったに違いない。

母は自分の死を予感し、最後に愛する子供に、自分の死後に抱くであろう苦しみを取り除いてやろうとしたのである。そのことを私は知っているのに、その言葉のおかげで、現在、私は苦しみの大半を背負わずにすんでいる。

母の死因は「肺性心」と医師に告げられた。珍しい病名と思っていたが、作家の柴田練三郎氏と同じ死因であることを後日知った。

柴田氏は死の前夜、自著の校正を終えて急死した。柴田氏も若いときに胸郭整形をしていたらしい。

肺性心というのは、急死のリスクがあるのかもしれない。

ピンコロ願望

「ピンコロ」というのは、ピンピンと生きてコロリと死ぬことの略称である。この死に方は、老人の大方の願望である。もちろん、私の場合もピンコロ大いに賛成である。

母の死なども、二か月間寝込んだだけで死んだのだからピンコロに近いと思うのだが、もともと病弱で、死ぬ危険のリスクを抱えていたのだから、そのような場合はピンコロには当てはまらないだろう。

また、若くて元気だった人が、突然の心臓マヒなどで急死した場合などもピンコロとは言わない。「ピンコロ」というのは、やはり、長寿の自然死にこそ使うべき言葉である。かくしゃくと生きていた老人が、ある日突然、眠るが如く亡くなるのがピンコロである。

だれもが寝込まずに、時期が来たら、眠るが如き大往生をしたいと願うのは人情である。ピンコロに御利益《ごりやく》のある神社仏閣が、老人たちの信仰の対象となっているのもけだし当然のことといえる。

病気になり、体中をチューブの管でつながれ、酸素マスクをつけたまま、何か月もベッドに横たわり、それから息を引き取るというのは想像するだけで気が滅入ってくる。

しかし多くの場合、老人の死に至るコースは、まず「病気」というゲートを最初にくぐるというのが一般的である。なかなか、眠るが如き大往生は難しいのである。

数は少ないが、私の周囲にもピンコロの人は何人かいる。

寝たきりの時間は何か月かは持ったが、頭もしっかりしていて、トイレも他人の手を借りてではあるが自分で始末し、食事も半身を起こして自分で食べる。あるとき、食事の後に眠気を訴え、眠ったまま二度と目が開かなかったという死に方である。その人は、耳は遠く、介護する人は意思の疎通に苦労したらしいが、最後まで頭はしっかりしていた。行年は九十歳の半ばを過ぎていた。

私は若いとき、このまま眠って目が醒めなかったらどうしようと、一瞬、かすかな恐怖感を感じたものだが、八十一歳の今、《このまま目が醒めなかったらピンコロだな》と考えたりする。恐怖はまったくないが、そう考えた後、《しかし、このまま死ぬとあれとこれをやり残したままになるな》と考えたりする。

ピンコロの最期を迎えるなら、いつ死んでもいいように身辺をきれいにしておかなければならないと反省する。

ピンピンコロリと死ぬということは、常日ごろ健康で過ごしているという前提がなければならない。

そのような人は実際に存在する。私の入居している老人ホームの住民なのだが、死の一週間くらいまで、かくしゃくとして散歩していた。散歩から戻ったその人と、死の数日前に立ち話をした。その人は散歩の距離が従来の半分になったことを私に嘆いた。

「このごろは、すぐに疲れるんですよ」と言った。

私にはあまりに元気に見えたので「この調子だと百歳まで大丈夫ですね」と、内心励ますつもりで言ったのだが、「何をおっしゃいますか。これでもやっと生きてるんですよ」とその人は少し咎《とが》めるような目付きで言って、少し淋しそうに笑った。

それから数日して訃報が知らされた。

最期を看取った人の話では、名前を呼ぶと「はい」と反応をしたのだが、閉じた目は開かなかったそうである。行年、九十三歳の生涯である。

その方は、かねてから、自ら何時この世に別れを告げてもいいように、身辺をきちんとしていたという。老人ホームの仲間たちに別れを告げる直筆の手紙が残されていた。

まさに、ピンピンコロリの模範的な死に方といたく感心させられた。

ものぐさな私の生き方を棚にあげていうなら、常日ごろ、歩くことはピンコロの第一条件のようだ。寝込むこともなく、眠りに就くがごとき大往生のためには、よく歩くことがいいようである。よく歩くことは少なくとも、寝たきりを防ぐ大きな要因である。

遺言と墓碑銘

私の場合は娘が一人で、遺言として残すべき言葉も特別に必要というわけではない。気が楽といえば気が楽である。もっとも、複数の子供がいても、三文作家のわが身としては残すべき遺産がないのだから、争いのタネはなく、子供たちも目の色を変える必要もない。

それに比べ、子供が何人もいる人で、莫大な遺産のある人は法的に有効な遺言を残しておかないと、残された子供たちの争いのもとになる。莫大な遺産でなくとも、少しでも取れるものがあると、少ない遺産の争奪に血まなこになるという。

仲の良かった兄弟姉妹が、遺産の相続を巡って骨肉の争いをするという、やりきれないスキャンダルを私は何回も目にしてきた。

《わが子等に限って》と親としては思いたいところだろうが、金銭の魔力とでもいうのか、美しく優しかったきょうだいたちの性格ががらりと変わってしまう。

《子孫のために美田を買わず》と言ったのは維新の英雄西郷隆盛である。西郷自身、清貧の生涯だったから、美田を買う蓄えがなかったのかもしれない。しかし、新政府では西郷がその気になれば栄耀栄華《えいようえいが》が思いのままになる立場にいた。西郷はその立場を捨ててあえて清貧に甘んじたのである。

西郷の真似は並みの人間ではできることではない。凡人が、子供に美田《びでん》を残したいと考えても非難されるべきではない。しかし、美田のためにあたら子供の人間性を汚すことになる。残された子供に禍根《かこん》が残らないようにしっかりと遺言を書いておくべきだ。

西郷が子孫に美田を残してはならないと語っている理由は、辛酸を知らずに育つと立派な人間になれないからだというのだ。貧しさの中で苦労する人間は立派に育つと西郷は考えていたのだ。

私など、若いときに金の苦労をしたが、少し余裕があると、すぐに酒に溺れたのだから貧乏でも大成しなかったのも致し方ない。

ところで、遺言とは遺産の分配のためだけに書くものではないことは改めて言うまでもない。遺言の真の目的は、残された者に対して、自分の死後に実行してもらいたい事柄の伝達である。もちろん、その中には、子孫に対しての遺産の分配も含まれるだろうが、それが主たる目的ではない。

何かの研究途上にある学者が、弟子に対して研究の完成のために後事を託すというような文書こそが正統的な遺言といえるかもしれない。

志半ばの革命の戦士が、今際《いまわ》の際《きわ》に、同志に対して革命の成就《じょうじゅ》をうながすような言葉も本来の遺言である。

自分の成しえなかった悲願を、残された者にバトンタッチするための言葉が真の遺言である。

大きな資産を残して死んでいく人などが、資産の一部を公的機関に寄付して社会のために役立てようという意思を書き残すのも立派な遺言である。

一介の文章職人である私は、無念ながら、このような正統的な遺言とは無縁に死んでいくことになる。せいぜい妻には数々の不幸の詫びと、ひと足先にあの世に旅立つ別れの言葉を書き残すだけである。一人娘には、別れの言葉に添えて、妻の終末をしっかり見届けてもらいたいということで、その件に関して幾つかの指示を書き記すということになる。それだけのことだから、気がラクといえば気がラクだが、自分の没後に後事を託すべきものが何もないというのも淋しいといえば淋しい話である。

社会的に何の功績も残さずに死んでいくわけだから、この世から消えてしまえば、私が八十数年に渡って生きていたという痕跡は跡形もなく無くなってしまう。人生とは本来はそういうものだから、淋しがってみても仕方がないのだが、何かそれらしき「しるし」を残しておきたいと思うのは、俗人たるゆえんかもしれない。

生涯に渡って刊行した拙著は二百冊にあまるが、いずれも駄文駄作の書籍で、死後に足跡となるようなものではない。

我が家の墓地の片隅に、墓誌を記す石碑がある。ここに私はどういう人間だったのか記すわけにはいかないだろうか？などと、未練がましいことを考えることがある。

——そんなことをして何になる？

——それを読んだ人間が特別の感慨を持つとでも思っているのか？

——愚かしいことを考えるな

私の心のうちにそんな声が聞こえる。

仮に墓碑銘を残すとすればどんな言葉になるだろうか？

《昭和十年、岩手県岩谷堂町に生まれ、東京都調布市、神奈川県相模原市で過ごし、静岡県伊東市『伊豆高原ゆうゆうの里』にて没す。行年八十×歳。主な著作？？……。無名作家ここに眠る》

迫力も威厳もないが、この数行から、無為転々で馬齢を重ねた、一人の人間の哀れな漂白の生涯を感じてはもらえないだろうか。

私の死亡通知

偉大な科学者、芸術家、政治家、実業家……などが死ぬということは国家的大事件であるが、市井《しせい》の一市民の死は日常の茶飯事である。今まで生きていたと思っていた人が、いつの間にか死んでしまった……というように、あっけない。今さらながらだが、人の一生は陽炎《かげろう》のように儚《はかな》い。

何年間も生きていた人が、ある日突然いなくなるのである。それなのに、世の中には特別の変化もなく、淡々と時間が流れていく。実際、死は自然現象であって、取り立てて大騒ぎすることもないのである。

しかし、この世にいた者があの世に行くということはまぎれもなく永久《とわ》の別れである。外国に行って外国に骨を埋める人でも、その人が生きているかぎり、再び会うということは可能性としてゼロではない。しかし、あの世に旅立った人には二度と会うことはできない。死は永遠の別離である。

考えてみると、一人の人間が生涯を過ごす過程で、いろいろな人との出会いがある。幼なじみ、少年時代の友達、学友、恩師、会社の同僚、上司、取引先の人たち、さらには趣味の仲間、隣人……と、数え上げれば相当な数に上る。

私の現役時代の年賀状は三百枚だったが、今は百枚に減ってしまった。しかし今なお音信の切れない人だけでも百人はいるわけだ。

いよいよあの世に旅立つなら、百人プラス何十人かの人たちにひと言お別れの挨拶を述べるのは礼儀であろう。生前にお世話になった好意に対して、いよいよ死出の旅立ちに際して心からの謝意を述べるということである。

私は、葬儀は特別に必要はないと考えている。わざわざご足労をいただいてご焼香していただくのは恐縮である。ご好意は十分にいただいてあの世に持っていくつもりであるから、願わくば、私の挨拶の手紙が届いたら一瞬、在りし日の私を思い出していただきたいと考えている。

どんな別れの言葉がいいのか、まだ深くは考えていない。この際、考えてみるのも悪くないかもしれない。

突然のご挨拶の非礼をお許しください。

私儀、菅野国春は、去る×月×日、あの世に旅立つことになりました。八十×歳の生涯での旅立ちでございます。社会のために何のお役にも立たず、皆様へ何の報恩も果たせぬまま、ひと足先に旅立つこととなりました。

私は多分に、自分中心に生きた生涯でした。生存中、あるいは皆様にはご迷惑をかけたかもしれませんが、ひと足先の旅立ちに免じて平にご容赦いただきたくお願い申し上げます。また、生存中は、不愉快な振る舞い等もあったかもしれませんが、旅立ちに免じて、怨嗟《えんさ》の思いは水に流していただくことを切に乞い願うしだいです。

ただただ、皆様の温かいお心におすがりして生きた八十余年の生涯でした。あらためて深い感謝の念を捧げるものでございます。

今度の旅立ちには、妻と娘を残してまいります。か弱い女たちですので、今後、何とぞ、温かい視線でお見守りいただきますようお願いいたします。

皆様におかれましては、つつがなく余生をご堪能されますことを、お祈りしております。

はなはだ簡単ではございますが、旅立ちのご挨拶とさせていただきます。

菅野国春しるす

はがきでは納まりきれないから、封書ということになるかもしれない。私の死後一週間以内に投函してもらうよう、妻と娘に頼んでおくつもりである。場合によったら、事前に印刷しておいて、死亡年月日だけを書き込んで発送してもらうというのも悪くないと考えている。

本書の原稿を執筆している流れの中で書いた挨拶文であるから、実際には、文章が変わるかもしれない。が、今の私の気持ちとしてはこんな挨拶文ということになる。

思い出してもらうのが供養

供養というのは仏教の言葉であり、端的にいえば死者の冥福を祈ることである。あくまでも生きている人の死者への思いやりであることにかわりはない。

死者へ何の感慨も抱かず、ただ習慣的、惰性的に手を合わせてもらっても、供養になるはずがない。供養の根底に流れるのは死者への追慕の情でなければならない。せっせとお墓に足を運ぶのも、命日を記憶していて手を合わせるのも死者に対しての思いあふれての行為であるところに供養の価値がある。単に行事としての墓参りは、供養としての意味があまりない。

老齢になると墓参りも容易ではない。墓地が住居の近くや交通の便のよいところにあれば問題ないが、遠隔地だと墓参もひと苦労だ。気候のよい時期に年に一度の墓参で終わってしまう。妻はそのことを気にかけているが、私は、墓参の回数が少ないことをそれほど気にしていない。

私は死んだ人のことを折にふれて思い出している。死者を思い出し、心で語りかけるのが供養だと考えている。

母のことは、ほとんど毎日思い出している。もっともリビングの私の座るソファの向かい側に母の写真が飾られているのだから、毎日顔を突き合わせていることになる。母の写真に目が行くたびにいつも心で語りかけている。語りかけるといっても、生きているうちに親孝行ができなかったことを心のうちで詫びているだけだが、母が死んで以来毎日のように語りかけている。これが母への供養だと私は思っている。

母だけでなく、祖母についてもときどき思い出す。物心ついたときから母は働きに出ているので、私は祖母に育てられた。台所に立っている祖母、寝床に枕を並べている祖母、私を叱っている祖母をときおり思い出す。祖母の骨は岩手の母の実家に埋められているので、故郷を離れて六十有余年、墓参は数えるほどしか行っていないが、私が祖母をときおり思い出すことで、祖母にたいする供養はしっかり行われている気がする。

恩師、先輩の墓参を一度もしたことがない。訃報に接したとき、一度は墓参しなければと思うのだが、それが果たせないままになっている。それでも、年に何回かは、生前の交遊を懐かしく思い出す。胸が締めつけられるような懐かしさをともなって思い出されることもある。これは、きっとこの私の思い入れが供養になっているのだろうと考えている。

ひるがえって考えると、このように、亡くなって何年間も、何十年間も一人の人間に思い出してもらえるのは有難いことだと思う。

年に一、二度の墓参をしてもらうより、何十年間も思い出してもらうほうが有難いことだと考えている。

私は、亡き人の思い出にひたった後、果たして私が死んだ後、私が死者を思い出しているように、私のことを思い出してもらえるだろうかと考えることがある。

死してなお、人の心に残るような人間像を交遊のあった人たちに私は刻むことができただろうか？などと、考えてみたりする。

中には、頻繁《ひんぱん》に思い出してもらうことは成仏の妨げになるという考え方もある。死んだらいさぎよく忘れてもらうということが本来の死に方だというのである。確かに、生きている人の思いなど引きずったりせずに、身軽に天国に消えてしまうという考え方もあるかもしれない。

実際にそれを実行した人を知っている。手紙も写真も残さずに陽炎のように消えてしまったのである。しかし、私はその人のことを覚えている。私の心の中の思いまでは消し去ることはできなかったのである。

私は俗人だから、何もかも死によって消滅してしまうのは救われないと思う。私の生きた証《あかし》を少しは残しておきたいと思ったり、死んだ後、ときおり思い出してもらいたいと考えたりする。

しかし、死んだ後まで、あいつは嫌な奴だったと思い出されるのはつらいことだ。死して人に恨まれたり嫌悪されるのは淋しい。私には、そういう人も五、六人はいるかもしれない。しかし、十人くらいの人に懐かしいと思い出してもらえれば、差し引き私の供養になるのではないかと自分を慰めている。

死後の世界

聖書から性書までの、何でも屋の雑文作家であった私は、あの世の話もたくさん書いてきた。出版社は、あの世が在るという前提で原稿を依頼してくるのであるから、私としては、それにおもねてあの世は存在するというスタンスに立って執筆するわけである。

「では、実際にあの世は存在するのか？」と改まって問われたら、正直なところはわからないというのがホンネである。私自身、心の奥底の部分では、死によって全てが無に帰するという考え方に立っているような気がする。

しかし、実際に文献を調べたり、取材してみると霊魂の存在を抜きにしては考えられない現象もあり、あるいは？と、一瞬思ったりもする。

死後の世界を体験して、生還した人はいないわけだから、あの世の話は類推《るいすい》の域を出ない。臨死体験者の話は、私自身、実際に当事者に直接取材したこともあるし、多数の体験レポートの文献に目を通したこともある。

しかし、臨死体験者は、あくまでも死の一歩手前まで行った人ということで、実際の死者ではない。臨死と死はまったく違う。脳死と判定されて生き返るということは生理学的、科学的にありえない。

だれ一人体験者がいないのだから、死後の世界はある意味でメルヘンの世界である。周知のように、興味本位で死後の世界を語っている例は多い。

花が咲き乱れていて、管弦の音楽が流れている。死後の世界の人々は白い衣服を着て船遊びをしている……。などと、まことしやかに伝えられている例もある。

こちらは、見ていないわけだから、否定する根拠はないのだが、常識的に考えて花や音楽、船遊びなどはありえないのではないかと思う。

日本ばかりではなく、世界各地でも死後の世界については語られている。アフリカには生きているときと同じように、狩りをしたり、結婚したりするなどと言い伝えられている例もある。ゲルマン族では、黄金の家に住み、美女をはべらして栄華の限りをつくすが、ときに戦に出て死者の国を脅かす悪魔の軍団と戦うなど、漫画チックなことが綴《つづ》られている。こんな荒唐無稽《こうとうむけい》な伝説を残す理由は、死の国が未知で不気味だから、少しでも明るいものにしようという意図があったと考えられる。

ひと頃、守護霊ブームがあったが、この考え方も霊魂実在を語るのに、人間の心情で表現したものだ。霊魂は人間（子孫）を守ってくれるという人間の願望である。霊魂というのは心優しいもので親しい人を守ってくれるものだと人間は思いたいのである。

学問的にも霊魂不滅という考え方は、哲学の領域で論じられているし、物理学者、医学者の中で大真面目に霊魂不滅を信じている人もいる。

確かにおのれの霊魂が、未来永劫《えいごう》に繋がっていると考えることで、現世をよりよく生きようという意識が生まれる。また、霊魂実在を信じることは、生命の尊重という考え方を醸成することも考えられる。

死ねば路傍《ろぼう》の石ころと同じで元素に帰るだけだという考え方はあまりに唯物的で虚し

いものがある。

私は母が死んだとき、救いがたい悲しみに突き落とされたが、母の魂が私を見守ってくれていると考えることで気持ちが少し楽になった。

死後の世界はどのようなものか正直にいって不明だが、霊魂は存在して何らかの現象をこの世にもたらしてくれると考えることで、自分の生き方がよりよいものに変わったり、信仰心を持つことができたり、愛情深い人間に変身できるなら、霊魂実在を信ずることも悪くないかもしれない。

同じような意味で、死後の世界には花が咲き乱れ、管弦の音楽が流れていると考えることで、死の恐怖がやわらぐのなら、それはそれで悪いことではない。

仏教の教える極楽も、死者の館は金銀、玻璃《はり》、瑠璃《るり》で飾られていて、廊下にも宝石が散りばめられている。そして絶えず楽の音が流れ、花が降りそそいでいると説かれている。考えようによっては、死後の世界はまことにおめでたいのである。

心おきなく死ねば、あの世はそんなに怖いところでもなさそうである。

第六章　老もう十の訓戒

一、諦観の心で生きる

「諦観《ていかん》」というのは、人生の事象に向かい合うとき、諦めの中にこそ救いの本質を見るという意味である。一種の悟りの境地といっていいかもしれない。

私のような凡俗なものに、悟りがありようがない。「諦観」を私なりに勝手に解釈して日々の暮らしで実践しているだけのことだ。

私は、今まで、求めるものが手に入らない焦燥と失望と迷いの中で生きてきた。老いも深まり、先が短くなって、やっと苦悩の逃げ場所として「諦観」という心境に思い至ったのである。苦しむことに嫌気がさしたということでもある。

私は何十年間というもの、かなわぬもの、求めて得られないものに飽くなき執着心を抱いて苦しんできた。それは苦しみの半生であったということだ。

求めて得られないとき、不満と不平の渦に投げ込まれる。鬱々《うつうつ》とした思いが心の底に積もる。求めて手に入らないのは、自分が愚かにして貪欲なためではなく、周囲が悪いのだと考えるようになった。自分を責めるというより他を恨むようになる。このような状況ではいつも心がざわめいている。

自分の心が揺らぐのは、貪欲な思いだけではなく、人間関係においてもしばしば経験した。自分を理解してもらえないもどかしさ、自分の意にそまない相手の存在にもずいぶんと苦しんだ。単純に絶交できればいいのだが、そうもいかない場合もある。仕事の上で接触を絶つことができない人だったりすると、その関係が強いストレスになった。

老いが深まったとき、心が日常的に揺れている状態から逃げ出したくなった。どうすれば日々の動揺から逃れられるかと考えたとき、愚かなりに、世の中の全ては自分の思い通りにならないものばかりだと気がついたのである。まことに凡庸な悟りでお恥ずかしい。第一、世の中が意のままにならないことばかり……、などという単純なことに八十歳過ぎて気がつくのだから自分ながらあきれた話である。

こうなったら、あらゆることを諦めるしかないのだと心に決めた。自分の思い通りにならないことに遭遇したら、そのことに拘泥《こうでい》しないで、さっさと諦めるというふうに心をコントロールするようにした。「諦観」といえばもっともらしいが、形としては、自分の心が揺れるような現象から尻尾を巻いて逃げるようなイメージである。

望んでも得られないもの、強い欲求があるのに手に入らないもの、そういう場合には、自分にはそのものを手に入れる資格も器でもないのだと考えるようにした。とにかく執着を断ち切り潔く諦めるしかないのだ。

意にそまない人と出会ったら、《私が相手を嫌うように、向こうもこちらを嫌な奴と思っているかもしれない。人間には相性というものがある。いらいらしたりしないで、相手を許して、虚心坦懐《きょしんたんかい》につき合うようにしよう》と考える。

私の場合は「諦観」というのは、許しの心にも通ずることになる。どんな仕打ちを受けても、人を嫌いになってはいけない。どんな場合でも他人の行為に不愉快になってはならない。そんなふうに自分を戒めて、ざわざわと波立つ心を静めるのである。この心境も広い意味では「諦観」に通ずるのである。

問題は「諦観」には進歩も改革もないことだ。降りかかる困難や苦しみを知恵と努力で乗り越えるところに人間的な成長がある。諦観はある意味で退歩である。まあしかし、八十歳過ぎたら進歩より心静かに現状を維持することが大切だと私は考えたのである。

二、仏の心で生きる

煩悩《ぼんのう》まみれで生きてきた私が、老骨の身になったからといって、仏のように生きられるわけがない。なにも無理して「仏のように生きたい」などと力まなくても、後、何年かすると名実ともに仏になってあの世に旅立つ身である。

しかし、煩悩まみれ悪心まみれの半生であればこそ、残る余生を仏のような心で生きたいと願うのである。

しからば仏のように生きるとはどのように生きることであろうか?。

私は深い考えがあって言っているわけではない。第一、仏教について常識以上の知識を持ち合わせていないのだから、仏のように生きたいというのは、言わば言葉のアヤで、柔和に、物事に動じないで、清廉に生きたいというような思いを言っているのだ。

昔、白隠禅師が、「仏のように生きるというのは死んだように生きることだ」と語っているのを本で読んで、いたく感心したのを覚えている。

死ねば無になる。要するに無の心で生きることが仏なのだと私なりに解釈した。死ねば痛みも、苦しみも、迷いも無くなる。すなわち、喜怒哀楽を超越した姿というわけだ。仏とはそのような超人格の持ち主なのだ。と、解釈した。

座禅や托鉢《たくはつ》はおろか、満足にお経も読んだことがないのに仏のように生きたいなどと言うのだから、笑止千万《しょうしせんばん》なのだが、本人としては大真面目で言っているのである。

では、具体的にどのような生き方が仏のような生き方かということを考えてみた。あれこれと考えているうちに、脳裏に浮かんだのが宮澤賢治の「雨ニモマケズ」であった。

この「雨ニモマケズ」の詩は文学的にはさまざまな意見があるが、詩の文芸的価値より、人間の生き方の一つの方向を示しているので興味深い。年をとってから、こういう生き方に憧れるようになった。若いときは、美食と酒と放蕩に明け暮れていて、この詩にふれてもさしたる感慨も湧かなかったが、今になって心引かれるものがある。

全編を掲載するまでもないので、生き方のサワリの部分だけを抜粋してみる。

決シテ瞋《いか》ラズ
イツモシズカニワラッテヰル

と、詩の主人公は語っている。この心境こそ私の理想である。どんな場合も怒らないのである。そしていつも微笑をたたえているのである。生身の人間であるから、怒りに耐える限界というものもあるだろうが、とにかく少々のことでは怒らないのである。

アラユルコトヲ
ジブンヲカンジョウニ入レズニ

自己中心的な自分のような男には難しい生き方だが、あらゆる場合に自分より他人の利益を考えて物事に対処するというのである。

東ニ病気ノコドモアレバ
行ッテ看病シテヤリ
西ニ疲レタ母アレバ
行ッテソノ稲ノ束ヲ負ヒ
南に死ニサウナ人アレバ

行ッテコハガラナクテモイヽトイヒ
北ニケンクワヤソショウガアレバ
ツマラナイカラヤメロトイヒ

それこそ仏教的にいえば「衆生済度《しゅじょうさいど》」の生き方である。衆生済度というのは、迷える人を仏の慈悲で救いあげることだ。

病気の子供がいれば、看病に駆けつけ、またあるときは、老人がよたよたと仕事をしていれば、稲の束を担いでやったり、仕事に手を貸してやるというのである。

そして、末期を迎えた人のところに行って、「怖がらなくてもいいんだよ。さあ、手を握っておいてやるから、安心してお行きなさい」と励ましてやるのである。

さらに、人間世界は訴訟や争いに満ちているが、そういう人のところに行って、争いなんかつまらないから仲良くやれよと口添えしたり仲裁したりする。

ある意味でこのような行為は、仏の心に裏打ちされていると思うのだが、本人はそんな大それた思いは一切無い。

ヒデリノトキハナミダヲナガシ
サムサノナツハオロオロアルキ
ミンナニデクノボートヨバレ
ホメラレモセズ
クニモサレズ
サウイフモノニ
ワタシハナリタイ

「雨ニモマケズ」はそのように結ばれている。

この詩に描かれている主人公は、仏のように生きてはいるが、決して立派な人間ではない。日照りで泣いたり、寒さのためにおろおろしたりする、どこにでもいる普通の人間である。むしろ、みんなには「でくの坊」と呼ばれて、いささか軽視されているのだ。しかしこの主人公は、特別に周囲の人に嫌がられたりしているわけではない。いてもいなくても痛痒《つうよう》を感じないような、無能なお人好しである。

宮澤賢治はそういうものに私はなりたいと詩を締めくくっている。

私が、仏のように生きたいという思いは、まさにこのように生きることだが、このような人間に脱皮することは並大抵でできることではない。

知人友人に「でくの坊」と、呼ばれたら、私はやはり心静かではない気がする。まだまだ仏には程遠いところにいる愚か者ということだ。

しかし、私は仏のように生きたいのである。

三、他人を羨むな

凡俗な人間の目には他家の芝生はきれいに見えるのだ。すなわち、他人様の生活は幸せそうで、豊かそうで、自分には真似のできない羨ましい日々を送っているのではないかと思えてくるのだ。

実際、他人を羨むという気持ちは決して質の高い心根ではない。他人を羨むという気持ちは、極論すればまことにさもしく、薄ら寒い気がしてくる。他人を羨望する気持ちの裏側には、みじめ、嫉妬、怨恨などが同居していることが多い。

羨ましいという気持ちを、相手への祝福に転化できるならそれは質の高い心のあり方として認めることができる。

「あなたはすばらしい人生を生きている。あなたの行く手に幸運が訪れるよう私は祈っています」と、心から他の人の幸運を祈ることができるならその人は本物だ。

人間ができていない私などは、「こん畜生！　羨ましい奴だ」と相手にかすかな敵意を感じたりする。この心根は、決して質の高い心情ではない。人を羨んだ後にかすかな自己嫌悪を感じる。

他人を羨んで自己を否定するなど最悪の心理状態である。相手のきらびやかな存在をまぶしく思ってうなだれるなど最低の心根である。

他人を羨む気持ちが生まれるのは、自分のアイデンティティの脆弱《ぜいじゃく》さに起因するところがある。自分は自分、他人は他人という、個としての誇りを見失っている暗愚《あんぐ》の心の隙間に他への羨望が生まれるのだ。まことに恥ずかしい心情である。

わが生き方を肯定し、自分を信じ、他を尊敬はするが決して羨まずという強い気持ちを持つことが大切である。

自分を信ずるあまり、他を無視したり、逆に蔑《さげす》んだりすれば、これはまた質の低い傲慢な心情になりやすい。他人を羨まないと同時に、己を卑下したり、逆に劣等感の裏返しで傲慢になってはならないということである。

人を羨む気持ちの中に病弱な人が健康な人を見て感ずる思いがある。「ああ、あのように、自分も外の空気を存分に吸って、野山を駆け巡ってみたい……。ああ、あの人が羨ましい」と思う気持ちは、同情に値するが、その思いも決してその人にとってプラスにならない。同じような心情に、老人が若い人に抱く羨望もある。さらには、身体に障害を抱いている人が健常者に抱く心情も似ているかもしれない。実際、羨んでみても事態は変わらない。辛いことだが、現状を肯定することが大切だ。

「自分が病気になったのは一つの因縁だ、健康な人を羨んでも仕方がない。心を平静にして回復するのを待とう」

私は入院したときにそのように考えて健康人をいたずらに羨むことをやめた。

私は自分の力でいかんともしがたいものに出会ったとき、「それは自分の背負っている運命なのだ」という考え方をする。前述の「諦観」という心のコントロールの仕方も、多分に運命論者的な考え方に根ざしたものであり、力の及ばないものに対する敗北宣言みたいな心のあり方である。

他者に羨望の思いを抱かずに、他者の幸せを祈るということで、心根の質を高めようというのが私の得た結論である。人の幸せも祈り、自分も幸せであるという思いを素直に抱くことができるなら、対人関係の苦しみは半減する。

四、洒落っ気をなくすな

確かに年をとると、自分を飾ることに意欲を持たなくなる。他者の目に自分がどのように映ろうがかまわないと考えるようになる。私の場合も、極端ではないが、若いときより身なりのあれこれについて、それほど気にならなくなった。

女性の場合は、老人になってもまだお洒落をしようという気持ちが残っている。女性の心情のほうが男性よりはましな気がする。

男性の場合も周囲に妻や娘がいる場合は、年老いても、急に洒落っ気をなくすということにはならないが、年老いてから妻に先立たれた夫は急に陰って見える。

老人は会社に出勤するわけでもなく、人に面会するわけでもなく、ただ、なすすべのない一日を迎えるのだから、服装などどうでもよくなるのである。

このような、陰った生活は単に服装、外見の問題で終わらない。心まで、不潔になり、考えることはマイナス思考に傾きがちになる。無精髭、伸びた爪、汚れた蓬髪《ほうはつ》……、書いているだけで気が滅入ってくる。

若いときは当時のモダンボーイが愛読するような、流行の先端を行く雑誌の編集者の友人がいた。友人といっても十歳くらい年上で、私の風体にことあるごとにケチをつけた。先輩なので相手の意見に反論せず、黙って拝聴した。こちらとしても言い分があるのだが、相手は一分の隙もないダンディだったから、男性のファッションに関しては、その人の意見に反論できない。私は口をつぐまざるを得なかった。やがて彼は定年となり、自然に疎遠になった。疎遠にはなったものの、年に何度か共通のパーティで顔を合わせたりして、会話を交わすことはあった。

しばらくして、彼が脳梗塞で倒れたという噂を耳にした。

それから数年、ある日彼から突然電話がかかってきた。どういう風の吹き回しか、私のところを訪ねたいというのである。

私は、駅に迎えに出た。

改札から出てくるであろう彼の姿は、イメージとしては、渋い気こなしの高齢の紳士であった。十年ほど前に出席したあるパーティで会ったときも、渋いチャコールグレーの洋服を着て、銀髪をなびかせて会場の人波の間を颯爽《さっそう》と泳ぎ回っていたものだった。

だが、約束の時間になって改札口に現れた彼の姿に私は茫然とした。ありふれた表現だが、わが目を疑った。汚れたよれよれの背広にジーパンを履いて、足にはサンダルをつっかけていた。

私が近づいていくと、「久しぶり」と言って懐かしそうに笑って握手の手を差し伸べた。「久しぶり」と言った声に昔の彼の片鱗《へんりん》が残っており、私は救われるような思いがした。見ると、背広の襟が積もった垢で黒々と光っている。少し斜めに被ったハンチングに昔のダンディの名残りがあったが、そのハンチングも形が崩れていた。

訊くと、奥さんには五年前に先立たれたという。いっとき息子夫婦と同居したが、去年、息子夫婦を追い出して今は一人住まいなのだという。娘夫婦は北海道にいるが、もちろん一緒に住む気はない。

「一人は気楽さ。息子も娘もしょせん他人だ」と彼は呟くように言った。

そのとき彼は、間もなく八十歳になる年だった。私のそのときの感慨は、人間、変わればば変わるものだという思いだった。

酔った勢いで「お洒落をする気はありませんか」と私は訊いた。

「お洒落？　何のために……」と言って大きな声で彼は笑った。

彼は、人にカッコいいところを見せようという意欲も意思も全く失っているようだった。彼には周囲に対する思惑や配慮も少し不足しているように私には思えた。あまり聞かれたくない話なども声高に話したり、大きな声でウエイトレスを呼びつけたり、傍若無人《ぼうじゃくぶじん》に笑ったりした。昔は、少し気障《きざ》に見えるほど羞恥感をあらわにしていた人だった。その、繊細さは全く失われていた。

その翌年、息子の名義で彼の訃報が届いた。後日聞いたことだが、死因は脳梗塞の再発だったという。

私は自分の身なりに投げやりな気持ちになったとき、改札口に現れたときの彼の姿を思い出して自分を戒めている。たとえ老人になっても、人にカッコよく見てもらいたいという思いは失ってはならないのだ。

五、老醜を嘆くなかれ

年をとると容姿が衰える。かつて紅顔の美少年だった面影が見る影もなくなる。爛漫《らんまん》と咲き誇っていた桜が散り、葉桜となり、やがて木の葉が散って裸木となる。その樹木もやがて年月を経て枯れ枝となり朽ちてしまう。

確実に時間は無に向かって流れていくのである。それは厳然たる大自然の法則である。法則にしたがって行われる自然の推移は、誰の手によっても食い止めることはできない。人間もまったく同じである。樹木も人も土に帰って行く。

老化は時間とともに進んで行く。一日一日、劣化が進行する。七十年、八十年、九十年と、衰亡のときが流れ、その果てに死が待っている。

衰えるのは容姿だけではない。体力、知力も衰えてくる。動作が思うようにならない。力も弱くなる。体力が低下するからすぐに疲れる。免疫力も低下して病気にかかりやすくなる。頻繁に物忘れをする。記憶力も低下してくる。感情も不安定になる。

容姿の衰えは男性よりも女性にとって嘆かわしい思いが強いのではないか。いつまでも美しくありたいと思うのが女性だからである。

仏教画に美人がやがてがい骨となるさまが描かれているものがある。おそらく私が小学校低学年のころに、どこかの寺で観たものだ。子供のころに観たときは美人とがい骨の対比に《不思議な絵だな……、美人とがい骨、気味の悪い絵だ》と不思議な感覚を持って受け止めたが、後年、無常の理を教えた絵画ではなかったのかと気がついた。

どんなに美しいものも、美しいままで推移することはないという無常の教えを、美人とがい骨という極端な対比でその絵は教えていたのだ。

いつまでも若く見える人もいるが、実は見えるだけで、年相応の劣化は進んでいるのだ。もちろん、早く劣化する人、劣化が遅い人の違いはあるが、実態は十年くらいの差だろうと私は自分を慰めている。

確かに八十歳でエベレストに登ったり、九十歳でマラソンに挑戦する人もいる。同一年齢でも体力差はあるし若さの違いもある。しかしその違いもせいぜい十年くらいではないかと思う。この「差」は、本人の努力もあるかもしれないが、生来の素質もあると思う。

体力差も個人差もこれはこれで認め、老いの身の快挙は大いに称賛しなければならないが、その快挙を成しえた人の顔もまぎれもなく老人の顔である。老人が老人の顔をしていることは、これは当然のことで、不思議でも悲しみでもない。逆に八十歳の老人が、精悍《せいかん》な青年の顔をしているほうが不気味だ。

確かに老醜はつらい。鏡に映るわが顔に、うんざりしたり淋しさを感じたりする。しかしこの醜さを嘆いたり、絶望してはならない。しわまみれ、たるみ、薄くなった頭髪を嘆いてみてもどうにもならない。大自然の法則によってもたらされた素顔である。

老人の顔を恥ずかしがるのではなく、逆に老人の顔らしく見せることを、意識して心がけるべきだ。苦悩や未練や、怒りや憎悪の顔は老人にはふさわしくない。

老人の顔は、柔和に、わけ知り顔で、風雪にさらされ、歳月の苦労を刻んだ顔がいい。

六、ときめきを忘れるな

「ときめき」というと、大方の人が異性への恋を連想する。もちろん、ときめく心情の中で、恋のときめきは代表的なものであるから、「ときめき」と聞いて、いの一番に恋を連想することは間違ってはいない。

もちろん、ここで私の言っている「ときめき」は、恋の話ではないが、恋するときのようなときめきの心情を持って生活しようという提案である。ときめきは老化防止であり、生きることのはりになるということを述べようと思うのである。

昔、恋する老人たちを取材したことがある。恋をしている老人たちは一様に年齢より、五歳から十歳は若く見えた。これは私の見聞した事実であるから、ある程度真実であろうと思う。生理学的にはホルモンの分泌など、因果関係も立証できるのだろうが、この際科学的裏づけは割愛することにする。

ときめくということは、行動として表に出す必要がない心情であるから、配偶者がいる人が異性にときめいても、家庭に波風が立つということもない。昔、何かの会合でこのようなことをしゃべったら、「あなたは不倫をすすめるのか」と年配のご婦人に非難されたことがある。もちろん、配偶者のいる人は、なるべく夫や妻以外の異性にはときめかないほうがいいのかもしれない。

しかし、ときめく相手のためにお洒落しようと考えたり、ひそかに思う人がいたりすることは、生活の彩《いろど》りになることは事実である。

昔、著名な人類学者と酒を呑んでいるときに、この世に異性が存在しなかったら、オスもメスも、お洒落をしないはずだというような意味のことをこの学者は語った。彼にしてみると、酒席の冗談話だったのだろう。私は何となく心に残っていた。この話を多勢の席で話したら女性たちから反撃された。女性は一人になってもお洒落をするというのだ。あるいは、そうかもしれないと思う。私など、やはり異性がこの世にいなかったら、わが身を飾ろうと思ったりはしないに違いない。無人島でもお洒落する女性は、それだけナルシストなのだろう。だから女性のほうが平均寿命が長いのかもしれない。

つまらない余談に筆が滑ったが、ときめくというのは恋愛に対してだけではない。たとえば、懐かしい友人と久しぶりに出会うときなども浮き浮きした気持ちになる。これもときめきと表現してもいい。

人によってときめく内容は違うと思うが、心が華やいだり浮き立ったりすることは、老人の生活には必要なアクセントである。心の劣化を防ぐためには心がいつも潤《うるお》っていなければならない。人間も植木と同じで、いつも適度な潤いが必要である。水分の枯渇した、乾いた心は劣化を加速させる。その「うるおい」こそがときめきの心情である。我田引水になるが、ボケ防止には俳句やカラオケが最適だと私が言うのは、ときめきを常時感じることだからである。俳句やカラオケでなくとも、もちろん絵や書を書くのも、随筆をしたためるのも、ときめきの一つである。目が悪くなければ読書も優良なときめきの材料である。

いい映画や芝居を観るのもときめきである。だからといって、ひねもすテレビにしがみついて映画やテレビを観て時間を浪費するのはときめきではない。ときめきは新鮮な心の動きでもあるのだ。恋も映画も惰性になってはときめいたりしない。

人間には好奇心が必要である。好奇心をときめきと解してもいいと思う。新しいものにふれたいとか、未知なるものを知りたいと思う心、新しい出会いに興味を抱くなど老人の生き方としては上質な心情だと思う。

老人は安易なるものに傾きやすい。何もしないことが安逸ということもある。ともすれば老人はときめきと反対の生き方がラクだと考えがちになる。

あえて言いたい。ときめきの心を取り戻して残る余生を生きようではないか。

七、老人よ笑いかつ泣け

老人になると涙もろくなる。少しのことでうるうるしてくる。恥ずかしいが涙腺が弱くなってしまったのだから如何《いかん》ともしがたい。このことについての感慨は三章で前述した。

老人になると感じやすくなるというより、ある種の精神の劣化によるものだという考えを捨て切れないが、特別に深刻になって対策を講じなければならないようなものでもない。老人の特色という程度の劣化である。

ところが、泣くことはストレスの解消になるという説もあり、幼稚園児に泣くような話を聞かせて泣かせるのだという。泣かせる人は「落語家」ならぬ「泣き語家」だという。このニュースに接して、老人が泣くことも案外ストレスの解消になるのかもしれないと考え直した。

泣くことより、むしろ精神の劣化の顕著な例としては、感情の表現ができなくなる老人もいる。無感動なのか、笑うことも泣くこともしない老人である。極端にいえば、仮面のように無表情なのである。今まで、にこやかだった人が、顔を合わせても笑顔を見せなくなってしまったのである。精神に異常を来したのかと思っていたら、会話は普通にできるのである。自分の身近な人にはきちんと意思を伝えているのである。外部から見ていると、ある程度、正常な思考はできるのだが、感情の表現がままにならないのではと思ったりする。精神医学の分野ではしかるべき症状として分類されているに違いない。

私は老人の一つの特徴としての、鬱《うつ》的症状かななどと考えている。老人の性向として物事に消極的になったり、面倒臭い、何もやりたくないという心の動きがある。返事をするのも面倒だという思いである。

面倒臭いという思いが強ければ、愛想笑いなどとてもする気になれないだろう。それでとたんに仮面のようになってしまうのかもしれない。

笑うことと泣くことは人間らしさを表する行為の一つだと思う。ただ、場所柄もわきまえず笑ったり泣いたりすれば、頭脳の異常を疑われる。頭脳の異常を疑われない局面でも、堪え性もなく泣いたり笑ったりするのは、はしたないという思いもある。

ドラマを観ていて、泣きの場面に至るとつい涙が頬を伝う。一人で観ているときはいいが、側《そば》にだれかがいると気恥しくなる。

しかし、一歩ひるがえって考えれば、泣きの場面で泣き、笑いの場面で笑うことは、はしたないことでも、人格が疑われるようなことでもない。多少、知性は疑われるかもしれないが、素直に笑い、もろくも涙が頬を伝うというのは精神衛生上プラスになるのではないかと考えている。

遠慮せずに笑い、遠慮せずに泣くことを提案したい。そうは言うものの、役者じゃないのだから、意識して笑ったり泣いたりはできないのかもしれない。真におかしいとき、真に感動したときしか、笑ったり泣いたりはできない。

「この世に本当に笑いたいもの、涙が出るような感動があるというのか」と開き直られると、一言もないのだが。

八、老人よ歩け

歩くことは健康のために大きなプラスになることは医学的にも証明されているし、老人の健康法としては最適なものであることはうなずける。私の知る限りの長寿者には、歩くことを苦にしていない人が多い。

老人にはひざが痛い人や腰の痛い人が多く、そういう人は歩けないので健康的生活上でハンディがある。私はひざも腰も痛くないが、肉体的にラクをしたいという怠惰な性向があって、少しの距離でもタクシーを使ってしまう。本来この項目は拙著に取り入れるのは似合わないのだが、老人のあるべき心得からは、はずすべきではない項目と考えて加えることにした。

知人に八十歳くらいまで、毎日一万歩くらいを歩いていたという人がいた。八十歳を過ぎて一万歩はつらくなったという。疲れやすくなったというのである。その人は八十歳を過ぎてから六千歩くらいになったと語っている。小雨程度なら傘をさしてでも歩くことを日課にしている。それにしても、すごいものだと感心させられる。

私は三千歩くらいで相当に疲れる。六千歩などを日課にしたら寝込んでしまう。寝込んでしまったのでは何のための健康散歩かということになる。

ピンコロ願望のところで例に挙げた九十三歳逝去の婦人は、九十歳あたりまで五、六千歩を歩くのは日常的であった。

私の入居している老人ホームの住人の中には、黙々と歩いている人は多数いる。特別に歩くことを大げさに考えていないのである。私はいざ歩くということになると、歩くことを特別なことと考えて身構えてしまう。歩くことを好きな人は五千歩、六千歩など何事もないような顔をして歩いている。

考えてみると、歩くことにはお金がかからない。運動靴一つで実践できるのだから、健康法としては最高の部類に属するだろう。

私も、思い起こしてみると、若いときには歩くことをそれほど苦にしてはいなかったのである。私が二十歳のころは吉祥寺から武蔵境まで電車賃は百円だったと記憶しているが、あるいは百五十円だったかもしれない。とにもかくにも、吉祥寺の酒場で、帰りの電車賃まで呑んでしまい、吉祥寺から武蔵境の下宿まで歩いたことが何度もある。電車に乗るより、焼酎一杯が欲しかったのだ。さもしいという思いの前に、歩くことに何の抵抗もなかった昔が懐かしい。吉祥寺、三鷹、武蔵境とふた駅も歩いたのだから我ながら立派なものである。それがいつの間にか、目と鼻の先の距離も歩かなくなってしまった。

忙しくて歩くヒマがないと嘆いていた医師がいた。しかし、医師として歩くことの健康の効用を実践したいと考え、車の通勤を止め、病院の最寄り駅の一つ手前で下車して病院まで歩いて通った。なかなかできないことだと大いに感心した。

この医師は私に「階段を見たら薬だと思え」といつも語っていた。私は良薬口に苦しのたとえで、言いつけを守らずいつもエスカレーターを使った。

前述の医師と違って歩くことが嫌いな医師もいた。私も嫌いなので意気投合した。ある日のことだった。私が夜中に車で帰宅する途中、夜更けの町をスポーツウエア姿で歩いている男性がいた。見ると歩くことの嫌いな医師だった。

車を停めて私は声をかけた。

「ひさしぶりですね……。どうしたんです？」

歩くことが嫌いだったはずの彼の軽快な運動着姿をまじまじと見て訊いた。

彼は車に近づいてきて言った。

「やあ、お久しぶり、遅いご帰還ですね……、相変わらず呑んでいますね？」

私をからかうような目で見て彼は笑って言葉を続けた。

「私はガンで入院しましてね……この間退院したばかりです」

そう言われれば少し痩せたように見えた。

「それは知りませんでした。病後にジョギングなんかして大丈夫なんですか？」

私は首をかしげて訊いた。

「ジョギングじゃありませんよ。歩いているんです。ガン予防には歩くことが何よりなんです。それで歩いているんです。あなたも、酒ばかり呑んでいないで歩いたほうがいいですよ」

そう言うと、車から離れて夜更けの街角に足早に消えていった。

九、上手に死んだ老人を見習え

世の中には上手に死んだと思わせる人がいる。死に方にも確かに上手下手がある。ご立派な最期と思わせる人もいれば、少し淋しすぎる最期だったと感じさせる人もいる。

生き方には確かに器用な人、不器用な人がいる。人生を生きるということには、運や不運ということもあるし、時流やタイミングもあったりして、自分の思うようにはいかないこともある。しかし、終末には才能も運不運も関係がない。ときの流れによって死に様が変わるということもない。

死はきわめて個人的なものであり、死に方は自分の意思によってある程度左右できる。ただし、寝込んでしまっては自分の意志を貫くことはできない。終末のあり方を信念として持っていても、寝込んでしまえば自分の考えを貫き通すことはできない。意思は伝えることができても、家族を含めての第三者がその意思を尊重してくれるとは限らない。そうならないように、寝込む前に死の準備を万端整えておくことが大切である。

ところで見習うべき上手な死に方とは果たしてどんな死に方であろうか。

ありふれた話になるが、まず第一に考えられることは、他人に迷惑をかけないことである。《立つ鳥跡を濁さず》の譬《たと》えではないが、死んだ後に自分の不始末が続々と出てきたら残された人々の手をわずらわせることになる。それでは死んでも死に切れない。どうしても生前に処理ができなかったら、せめて心からの謝罪の言葉を残しておくべきである。

私の知人に娘と絶交状態になっていたひとがいた。自分の死期をさとってから、娘の居所を突き止め、連絡を取って、一応形ばかりの和解をした。それから、数十日で彼は他界したが、娘と父という関係を保って死んでいった。付け焼き刃の和解だから、実態は解決とはいかなかったろうが、形だけは父と娘の関係を保って死んだ。一つの死の形として私は納得した。この話と、似たような人間関係の修復は終末の一つの問題であろう。

言っておきたい気がかりな言葉も、生前に伝えられるなら伝えて、気がかりを払拭しておくべきだ。その逆もある。何も言わずに墓場に持っていく真実もある。その一言を明らかにしたばかりに、生き残った人たちに、混乱、疑心暗鬼、悲しみ、憎悪、怨恨の心を残すようなことがあってはならない。

私より二十歳以上も年上の実業家から直接訊いた話がある。もちろん、その方はすでに亡くなられている。私が話を訊いたのは二十年以上も前のことだ。

その方には二男一女の子供がいた。

その人は相当な財産家で、この話は、あるいは大方の老人には参考にならないかもしれない。その人は、妻に先立たれた。私がお会いしたのはそのころだったと思う。

子供たちにすべての財産を生前贈与したのである。理由は死後、子供たちが遺産相続の争いをしないようにとの思惑からである。

贈与と同時に、子供たちに相続放棄の書類を提出させた。そして子供たちに言明した。

「私の死後の財産は、すべてしかるべき福祉施設に寄付することにする。そのことに異議がないことをサインしてもらう」

三人の子供から念書を取りその人は姿をかき消すように地方の老人ホームに入ったのである。私は仕事のからみで、その当時、少しばかり親交があった。

確か三人の贈与税の総額が莫大であることに驚いた記憶がある。贈与税を払っても、子供たちに数億単位の遺産が入ったのだから、念書でも何でもサインをするだろうと思った。なぜかその人の行為を私は潔く思えたのである。

確かに、お墓にお金は持っていけないのだから、金銭の始末は後で残された人が右往左往しないようにしておくべきである。

いろいろな人の死を見てきた感想だが、後は野となれ山となれ的な死に方をした場合は多少なりとも混乱を残すことになる。

問題は借金だが、まだ法律的に時効になっていない借金は、現状で処理できない場合は、死後に関係者に累が及ばないようにしておかなければならない。もちろん借りた相手には返済できない理由を述べ、心からの謝罪の言葉を残すべきである。

同様に、認知していなかった子供の件なども死後に累の及ばないように生前にきちんと解決しておくべきである。

後は野となれ山となれ式の開き直りも、場合によったら仕方がない面もあるが、できるだけ避けたい死に方ではある。

私の知人に孤独死をした人がいる。生前は大手企業で属目された社員で、やり手として周囲の人に一目置かれていた。定年前に退社して会社を興し、軌道に乗せたかに見えたが、昔の部下に約束手形を貸したのがきっかけで、連鎖倒産に巻き込まれた。

自分の豪邸などを処分してある程度借金を整理したが、それでも多額の負債を抱えて、淋しい晩年だった。奥さんとも離婚し子供たちとも縁を切った。それこそ借金の累が及ばないように、彼のそれなりの配慮だったと推察できる。私は彼に酒の相手としてときどき呼び出されたものだった。彼の淋しさを慰めるために少しは役に立ったと考えている。

八十二歳のとき、蔵書も売り払い、下着と身の回りの品物を残して、他は処分したと語っていた。彼と連絡が取れなくなって、アパートを訪ねると、やはり亡くなっていた。顔なじみの管理人は語った。

「毎朝下に降りてきて、自動販売機で朝食代りの日本酒のワンカップを買うのが日課でしてね……。三日ばかり姿が見えないので部屋を覗いたら亡くなっていました。部屋にはいつ亡くなってもいいように、ちゃんとメモを残してあり、わずかばかりの金額が残っている預金通帳と印鑑、それに連絡先が書いてありました。遺体は献体を登録していた大学病院に連絡して引き取りに来てもらいました。これですべてが終わりです。部屋はきれいに掃除されてあり、何枚かの衣服と夏冬の下着が数枚残されているだけでした。さっぱりしたもんでした。見事な死に様でしたね」

管理人は感心して私に報告した。なるほど彼らしい最期だと私も感心した。

私は彼の死に近代文学の巨匠、永井荷風の死に様を連想した。死の前日、荷風は行きつけの町の食堂で昼食のうな丼を食べ、駄菓子屋でかりん糖を求めて帰宅し、急死した。荷風の枕許の小さなカバンには多額の貯金が残されていたのが、彼の死と違うところだ。

死は一切のしがらみを切る。そこには何も残らない。地位も名誉も財産も全てが無になって、何人かの人の記憶に爽やかな思い出だけを刻む……このように死ねたら本望だ。

十、死の事務手続きをぬかるな

この項目は「九」の項目と微妙に重なる部分がある。要するに上手な死に方の一つが、事務手続きにぬかりがないことだ。

上手に生涯を生きてきたのに、死後にトラブルを残したり、思いがけない禍根が露呈してしまえば、せっかくの死に様に汚点を残すことになる。その失敗は死に際しての死後の事務手続きをおろそかにしたためだということになれば、それこそ死んでも死に切れないということになる。

私など、娘が一人だけだし、妻が金銭の管理をしているので、いざ死に直面しても、それほどあわてることもない。今のところ、認知しなければならない子供もいるわけではなく、それほど心して事務の手続きをしなければならないものもない。

若いとき、破天荒な生活の一時期があり、飲み屋を含め、時効になった借金は相当数あるはずだ。これは、三拝九拝してお許しをいただくしかない。ただし、四十五歳以降、金融機関以外から借金はしたことがない。やむを得ぬ事情で借りた場合、約束の期日より五日前に返済している。

こんな身軽な私でも、終末に際してはいろいろと書き残して置かなければならないことがある。

私の場合は、医療機関への終末治療に関しての意思表示、死後の葬儀について、死後連絡しなければならない人の名簿、墓誌に記す文言《もんごん》、拙著の処分などである。

一般の人なら、私の作業にプラスして、子供への遺産分配の遺言、形見の処分法など、重大な項目を加えなければならないだろう。

私の場合は葬儀は家族葬と決めているが、中には盛大な葬儀を考えたり、場合によっては、今流行《はやり》の樹木葬、海山への散骨ということになると、特別に書き残しておかなければならない。

事務手続きをきちんとしておくと関係者が助かる。死して関係者がまごつかないようにしてやることは、終末最期のおつとめである。

明日、来週と延ばしている間にいつ死が訪れるかわからない。七十五歳を過ぎたら、いつ死神が来訪するかわからない。

死の関門である病院に入院してしまえば事務手続きは不可能となる。悔やんでも悔やんでも悔やみ切れないことになる。
私は救急車の中で、まだ手をつけていなかった事務手続きを深く悔いた。
老人よ備えあれということだ。それは何時《いつ》やるの？　今でしょう。

［著者略歴］

菅野　国春（かんの　くにはる）

昭和 10 年　岩手県奥州市に生まれる。
編集者、雑誌記者を経て作家に。
小説、ドキュメンタリー、入門書など著書は多数。
この数年は、老人ホームの体験記や入門書で注目されている。

［主な著書］

「小説霊感商人」（徳間文庫）、「もう一度生きる——小説老人の性」（河出書房新社）、「夜の旅人——小説冤罪痴漢の復讐」「幽霊たちの饗宴——小説ゴーストライター」（以上展望社）他、時代小説など多数。

［ドキュメンタリー・入門書］

「老人ホームの暮らし 365 日」「老人ホームのそこが知りたい」「通俗俳句の愉しみ」「心に火をつけるボケ除《よ》け俳句」「愛についての銀齢レポート」（以上展望社）など。

老人《ろうじん》ナビ

老人は何を考え どう死のうとしているか

2017 年 2 月 7 日　初版第 1 刷発行

著　者　菅野国春
発行者　唐澤明義
発行所　株式会社 展望社
〒 112-0002
東京都文京区小石川 3 丁目 1 番 7 号　エコービル 202 号
電話　03-3814-1997　Fax　03-3814-3063
振替　00180-3-396248
展望社ホームページ　http://tembo-books.jp/
装幀・組版　岩瀬正弘
印刷・製本　株式会社フラッシュウィング

©Kanno Kuniharu　Printed in Japan 2017
ISBN978-4-88546-323-5

定価はカバーに表示してあります。
落丁本・乱丁本はお取替えいたします。

■菅野国春　老人ホームの暮らしシリーズ　第1弾！

老人ホームの暮らし365日

住人がつづった有料老人ホームの春夏秋冬

ホームではどんな暮らしが繰り広げられているのか

体験者の教える貴重な暮らしの心得満載。

本体価格　１６００円（価格は税別）

──《目次》──

序　章　後悔しない晩年を生きる
第一章　なぜ老人ホームなのか？
第二章　老人ホームの選び方
第三章　老人ホームへの引っ越しは人生最後の大仕事
第四章　老人ホームの春夏秋冬
第五章　老人ホームの行事
第六章　老人ホームで快適に暮らす10の心得
終　章　老人のよしなしごと

■菅野国春　老人ホームの暮らしシリーズ　第2弾！

老人ホームのそこが知りたい

有料老人ホームの入居者がつづった暮らしの10章

体験者しかわからない老人ホームの真相

いま明かされる入居から終末までの全て

本体価格　1600円（価格は税別）

――《目次》――

第一章　入居を決めるまで
第二章　老人ホームの暮らしの真相
第三章　老人ホームの食生活
第四章　老人ホームの人間関係
第五章　趣味の同好会
第六章　老人ホーム入居のメリット
第七章　老人ホームの経済学
第八章　老人ホームの介助と介護
第九章　老人ホームの死
第十章　上手に暮らす心の持ち方

心のアンチエイジング　俳句で若返る

心に火をつける
ボケ除《よ》け俳句
——脳力を鍛えることばさがし

本体価格　1500円（価格は税別）

頭を鍛え感性を磨く言葉さがし

通俗俳句の愉しみ
——脳活に効く
ことば遊びの五・七・五

本体価格　1200円（価格は税別）